Pulsação
Uma viagem rumo ao desconhecido...

WLADIMIR DIAS

PULSAÇÃO
UMA VIAGEM RUMO AO DESCONHECIDO...

novo século®

São Paulo 2010

Copyright © 2010 by Wladimir Dias

PRODUÇÃO EDITORIAL Equipe Novo Século
PROJETO GRÁFICO E COMPOSIÇÃO S4 Editorial
CAPA Carlos Guimarães
PREPARAÇÃO DE TEXTO Patrícia Murari
REVISÃO Luci Kasai

DADOS INTERNACIONAIS DE CATALOGAÇÃO NA PUBLICAÇÃO (CIP)
(Câmara Brasileira do Livro, SP, Brasil)

Dias, Wladimir

Pulsação : uma viagem rumo ao desconhecido -- /Wladimir Moreira Dias. -- Osasco, SP : Novo Século Editora, 2010.

1. Ficção brasileira I. Título. II. Série

10-05397   CDD-869.93

Índices para catálogo sistemático:

1. Ficção : Literatura brasileira   869.93

2010
IMPRESSO NO BRASIL
PRINTED IN BRAZIL
DIREITOS CEDIDOS PARA ESTA EDIÇÃO À
NOVO SÉCULO EDITORA LTDA.
Rua Aurora Soares Barbosa, 405 – 2º andar
CEP 06023-010 – Osasco – SP
Tel. (11) 3699.7107 – Fax (11) 3699.7323
www.novoseculo.com.br
atendimento@novoseculo.com.br

*Este livro é dedicado à minha mãe,
Berenice Moreira Dias,
cujo entusiasmo me incentivou a escrevê-lo.*

*Agradeço a Deus por me dar saúde
para conquistar mais essa vitória.*

Agradeço aos meus pais pelo talento que herdei.

*Agradeço a colaboração e a confiança de todos
que me ajudaram a tornar este projeto uma
realidade, pois um livro, além das letras,
é também som, cheiro, cor e vida.*

Feliz o homem que se dedica à sabedoria,
que reflete com inteligência,
que medita com o coração sobre seus caminhos,
e com a mente penetra em seus segredos.

Eclesiástico 14.20,21

Nota do autor

Nosso universo é um aglomerado de átomos vibrando em diferentes frequências e formas, diferindo apenas em suas configurações energéticas.

Todo ele age como uma sucessão de estados de vibração, permitindo a nossa vida temporal, e nos oferece a oportunidade de convivermos com o céu e o inferno, a luz e a escuridão, a emoção e a razão, o ser e o não ser...

Apresentação

Pulsação é um livro que tem como tema o existencialismo, valorizando, principalmente, o estado da mudança.

Estão perdendo a viagem de viver, todos aqueles que não sabem de onde vieram e nem tentam descobrir.

Experimente! Esqueça seus compromissos, abra seu coração para o mundo e mergulhe na aventura de viver, pois você merece.

O mundo pertence a quem se atreve, pois o bom mesmo é ir à luta com determinação, abraçando a vida e vivendo com paixão.

Enfim, todos deveriam seguir o exemplo daquele sábio que tem o Sol e a Lua ao seu lado e traz consigo o Universo debaixo do braço. Ele diz que todos nascemos para iluminar este mundo e que neste palco da vida, atuamos conforme o enredo criado por nós mesmos.

A vida é uma obra de arte e viver intensamente é algo que todos deveríamos experimentar pelo menos uma vez na vida.

O avião da Swissair já iniciava a sua aterrissagem e, ao longe, já se via o pequeno aeroporto.

Instantes depois, já na área de desembarque, fui logo me preocupando em alugar um carro e, após alguns minutos, já transitava em um jipe branco por uma de suas rodovias, conhecida na ilha como perimetral.

Dirigia sob um céu polar em meio a uma luminosidade crua, quando vi ao longe as cores de uma de suas cidades, com suas casinhas vermelhas, azuis, verdes e cinzentas, que brotavam no horizonte, contrastando com a aridez da região que, apesar do seu clima telúrico, conseguia ser uma das mais belas e agradáveis da Europa.

Seu ar nas regiões e nas épocas em que não há vento é puro e fresco, as montanhas oferecem panoramas grandiosos, vales estonteantes e lagos pitorescos extremamente piscosos.

Logo na chegada à cidade tive uma excelente primeira impressão, pois ela me pareceu ser bem moderna, bela e vibrante.

Escolhi um pequeno hotel em sua região central, pois não procurava luxo, queria apenas um local agradável onde pudesse passar a noite.

Após preencher a ficha e deixar as malas, resolvi sair um pouco para conhecer os arredores.

Logo de cara fiquei impressionado com alguns de seus habitantes, que apresentavam um estilo naturalmente ousado, andavam com roupas arrojadas, cabelos coloridos e penteados malucos.

Caminhei um pouco nas proximidades, contudo, realmente sentia que as minhas forças estavam se exaurindo devido à longa viagem. Resolvi voltar logo para o hotel, indo direto para o quarto descansar um pouco.

Após uma noite tranquila de sono, na manhã seguinte, me preparei para a minha tão sonhada aventura na ilha.

O clima estava excelente, a temperatura ao redor dos 16 graus, a estrada em excelentes condições. Então olhei no mapa, escolhi o roteiro e decidi seguir esta rodovia no sentido horário.

Poucos minutos depois, lá estava eu contornando um de seus vales, na região sudeste, contemplando uma atmosfera sem poluição, que intensificava ainda mais a sua vegetação multicolorida. À minha esquerda, o mar estava bem azul, com suas ondas brancas e brilhantes arrebatando implacáveis sobre algumas rochas negras. À direita, pastagens muito verdes, casas com telhados vermelhos e flores que se estendiam até os picos brancos.

Seguia minha viagem tranquilamente rumo à mais meridional das praias do Ártico quando, após uma curva, percebi várias fontes de vapor sulfuroso que lançavam ao ar jatos de água quente, como se saíssem das entranhas de um dragão. Ao fundo, montanhas cobertas de neve servindo como cenário.

Parei o carro por alguns instantes para contemplar todo aquele insólito panorama, pois nunca tinha visto coisa parecida.

Fiquei acompanhando por alguns minutos aquela dança da água, resultante da força daqueles jatos de vapor juntamente com algumas poucas rajadas de vento que ocorriam.

Que lindo lugar! Ainda o tenho em minha lembrança.

Continuei, então, o meu caminho, mas é incrível como o tempo passa rápido quando estamos nos divertindo.

Resolvi então sair um pouco da perimetral onde estava, entrando em uma estrada secundária pontilhada por penhascos escarpados que se elevavam às alturas, com algumas finas cascatas que despencavam de mais de trezentos metros.

Ao sul, na linha do horizonte, via-se uma fumaça preta sibilante em forma de espiral, um espetáculo.

Ela vinha de um vulcão ativo que entrou em erupção na década de 80. Bem próximo a ele havia alguns alpinistas que exercitavam suas habilidades em uma de suas paredes com cerca de setenta metros, provavelmente treinando para enfrentar depois outros locais mais íngremes da ilha.

Neste trecho, a estrada já não estava tão boa, talvez, porque o sistema de transporte da ilha tenha saltado direto dos cavalos para os aviões.

O asfalto é coisa recente e, antes de a perimetral ser aberta, era impossível dar a volta na ilha de carro.

Seguia em baixa velocidade, quase no limite mínimo permitido, e procurava uma estação local no rádio, pois queria ouvir algumas canções típicas da ilha.

Estava atento, olhava a paisagem e percebia que paulatinamente sua vegetação diminuía, demonstrando que eu estava entrando em uma região desértica, que mais parecia um pesadelo de dimensão irreal, principalmente quando meus olhos se perdiam em suas vastas amplidões enegrecidas pelas recentes atividades vulcânicas, nas quais só o colorido de algumas flores agrestes me lembravam que ali havia algum tipo de vida.

Depois fiquei sabendo que este local é um paraíso para os geólogos e estudiosos da crosta terrestre, pois existem cerca de duzentos vulcões com atividades intermitentes, responsáveis por um terço de toda a lava que aflorou à superfície terrestre nos últimos séculos, além de oitocentas fontes de vapor de água quente – gêiseres que mantêm uma temperatura média de 75 graus.

Era muito comum, na ilha, as usinas utilizarem esse vapor natural para alimentar suas turbinas a um custo extremamente baixo.

Dentro do carro eu estava tranquilo. Experimentava uma barra de chocolate que havia encontrado no porta-luvas e admirava, do meu lado direito, a imensidão do Atlântico mesclado com as geleiras de Vatna.

Neste momento, as vastas geleiras me proporcionavam uma visão deslumbrante, me fazendo parar o carro por alguns instantes, a fim de contemplar toda aquela imensidão gelada, que se mesclava com a luz de um sol avermelhado e um vento forte que soprava à noroeste.

Em alguns pontos, o gelo se derretia lentamente formando pequenos riachos que sumiam no chão.

Do outro lado, um Atlântico azul que se confundia com o colorido de algumas flores típicas, que me lembravam filigranas.

Ao longe via uma grande casa de fazenda isolada, quase que servindo de sentinela a um entardecer que se transformava em alvorada.

Neste momento, senti um magnetismo inexplicável por aquele lugar. Resolvi então voltar o carro e ir em direção a esta casa, pensando em conseguir alguma hospedagem por lá, pois nesta ilha é muito comum a hospedagem em fazendas. Apesar de me sair bem mais caro, achei que seria interessante.

Após uma breve conversa, realmente obtive sucesso, mas por um preço bastante salgado. Contudo me trataram muito bem, perguntaram sobre o Brasil, principalmente sobre o futebol e suas praias.

Muito gentis, ofereceram-me um licor caseiro que reunia, segundo eles, cerca de cento e trinta ervas em sua composição, dizendo-me, em tom hilário, que bastavam duas gotas num torrão de açúcar para restaurar todas as minhas forças.

Eu apenas escutava atentamente, e a esposa, Maryh, continuava...

– Esta fórmula persiste em nossa família há décadas.

Neste instante, resolvi lhe perguntar como tinha sido feito o licor, pois realmente estava uma delícia. Prontamente minha anfitriã respondeu que tinha sido feito a partir da infusão de várias ervas e frutos, que foram deixados repousar por algum tempo em um líquido com base alcoólica.

Tamanha simplicidade, porém, não impediu que a transmissão dessas fórmulas até os dias atuais passasse, em muitos casos, por episódios rocambolescos que envolveram desde histórias de amor até perseguições religiosas, ou mesmo antiquíssimos alfarrábios em que as proporções certas dos ingredientes eram relatados entre as famílias em linguagem cifrada.

Olhando para eles, percebi, sem sombras de dúvida, que eram excelentes anfitriões e nossa conversa fluía bem em assuntos diversos.

Depois de muitas risadas e histórias, voltei para o meu quarto. Ele era um tanto pequeno, porém confortável. Da janela tinha a visão de uma pequena floresta à minha esquerda, que apresentava uma simplicidade cativante.

Um pouco antes, um bando de ovelhas cuidadas por um jovem e sorridente pastor, próximo a ele alguns troncos de madeira que pareciam encardidos pela ação da chuva, o eco distante de um pássaro, um fraco aroma de fumaça que subia vindo de uma pequena fenda no chão.

No horizonte as luzes do crepúsculo se misturavam com o luar, esculpindo feições nas montanhas. Fiquei pelo menos uma hora admirando aquela pitoresca visão, quase surreal, concluindo que havia encontrado, já em meu primeiro dia na ilha, o lugar ideal para passar algum tempo, acreditando que isso seria a indicação de um bom presságio e certamente ficaria ali por algumas semanas.

Neste momento, estava sentado em um canto do quarto, olhando uma paisagem deslumbrante pela janela, quando escutei alguém batendo à porta, desviando-me subitamente de meus pensamentos. Quando abri a porta era Iohan, o dono da fazenda onde estava hospedado; queria apenas conversar um pouco.

Perguntou se estava me atrapalhando e, claro, neguei prontamente, convidando-o a entrar no quarto. Sentando à beira da cama, começou a falar sobre a sua vida pessoal e também sobre a sua antiga profissão.

Disse-me que havia estudado psicologia, contudo exerceu a profissão apenas por alguns anos, preferindo depois viver na fazenda que havia herdado de seus pais, a qual considerava um verdadeiro paraíso, o lugar ideal para se constituir uma família.

Nisso alguém o chamou e já saindo do quarto, me convidou para conhecer, na manhã seguinte, o que eles chamavam de lago sereno, me explicando que é um lago que considerava maravilhoso e que ficava nas redondezas da fazenda.

Agradeci o convite e, claro, o aceitei de pronto.

Depois disso, fui dormir, pois precisava recuperar um pouco as minhas energias.

De manhã, após uma longa espreguiçada, me preparei para o café, me encontrando com Iohan e seu filho Snorri.

Aproveitei para experimentar o Skir, uma comida típica do lugar feita à base de leite sem gordura e que faz parte de suas dietas desde o século XI.

Logo após, seguimos, então, rumo ao tão propalado lago sereno.

Foram alguns minutos de carro, quando tive uma visão estupenda do lago, uma das mais bonitas da ilha. Próximo a ele blocos de terra em formação, com várias nascentes térmicas erguendo-se do solo, desfiladeiros imensos, bandos de patos, e, ao longe, um sol de verão, iluminando o horizonte e refletindo seus raios sobre as águas límpidas do lago.

Um pouco à frente, havia um grupo acampado. Nos aproximamos e ficamos sabendo que eram australianos.

Muito simpáticos, ficamos conversando algum tempo e, olhando aquele local, resolvi ficar acampado ali com eles naquela noite, pois queria explorar alguns pontos próximos ao lago. Iohan e seu filho voltaram, pois tinham muito trabalho na fazenda.

Resolvi subir algumas trilhas íngremes e pedregosas, mas voltei para o acampamento após algumas horas, pois a noite estava chegando, juntamente com uma frente fria.

Achei que fosse o fim do bom tempo, mas estava enganado, pois o tempo logo firmou.

À noite ficamos sentados em uma barraca rusticamente iluminada, apenas três velas enfiadas em latas de sardinha, e conversávamos sobre o lugar para onde iríamos e outros assuntos, mas o que mais me interessou foi quando começou uma discussão sobre os mistérios e as lendas de Machu Picchu.

Segundo um dos australianos, seria ingênuo aceitar como verdadeira a teoria de que os conquistadores espanhóis nunca conseguiram encontrar os incas.

Claro que encontraram, dizia ele, e assegurava:

— Certamente foram os espanhóis que os expulsaram, não as cobras, nem as doenças, nem a seca.

Eu e o resto do grupo mais escutávamos, pois acho que, assim como eu, ninguém ali conhecia tanto sobre esse assunto quanto ele. Lá fora eu escutava o sopro forte do vento, fazendo muitas vezes bater o tecido da barraca.

A conversa estava muito agradável, mas resolvi dormir logo, pois queria novamente acordar bem cedo. Trocamos *e-mails*, me despedi de todos, fui até o carro e fiquei admirando por algum tempo a mansidão daquele lugar, quando dormi escutando "As quatro estações" de Vivaldi.

Passei uma noite tranquila no carro, ouvindo apenas a estridência de alguns grilos e o barulho do fogo queimando alguns gravetos.

De volta à fazenda, ainda bem cedo, estava indo até a cozinha tomar um copo de água, quando encontrei a esposa do Iohan, Maryh, lendo um livro atentamente.

Ela então parou um instante e, olhando para mim, perguntou se estava gostando do lugar.

Respondi-lhe que estava adorando e que achava aquela ilha muita exótica.

Depois quis saber sobre o tema do livro em suas mãos, que me respondeu ser sobre os grandes gênios da história.

— Em sua opinião, quem foi o maior gênio da história, Maryh?

Ela então me respondeu sem transparecer nenhuma dúvida: Leonardo da Vinci, mas favorecido, claro, pelo período em que viveu, pois certamente o Renascimento fora um dos mais profícuos períodos de toda a história da civilização, sendo, antes de tudo, um poderoso movimento artístico e literário, com grandes repercussões na filosofia, nas ciências, no pensamento político, na moda e nos costumes, criando uma nova mentalidade social, classes e cidades, abrindo caminho para a modernidade. Eu a escutava atentamente e ela continuava...

— Infelizmente da Vinci só teve a sua genialidade reconhecida muito tempo depois de sua morte, sendo considerado hoje a versão suprema do homem dos sete instrumentos que realizou o casamento da arte com a ciência.

— Acho este tema interessantíssimo; gostaria que me emprestasse este livro depois, se for possível.

— Claro, me respondeu.

Depois segui até a cozinha, pois realmente estava faminto.

Na sequência fui convidado por Maryh a conhecer os vários jardins próximos à casa principal da fazenda, todos, aliás, muito bem cuidados, com seus canteiros espaçados e suas flores garridas. Havia centenas delas espalhadas por eles.

Logo no início do nosso passeio, me lembrei de alguns fatos interessantes que havia lido sobre este tema — as flores — e fui logo comentando com Maryh.

É que, apesar de as plantas verdes terem começado a produzir o oxigênio molecular da atmosfera no período carbonífero, o código para o aparecimento das flores só surgiu realmente no cretáceo, há cerca de cem milhões de anos e, como achei o assunto interessante, quis lhe detalhar um pouco mais sobre estas maravilhas da natureza.

As flores expressam muito bem os nossos sentimentos. A história nos mostra que os romanos eram apaixonados pelas rosas e os gregos, pelas violetas. Por meio deles as flores se tornaram símbolos por meio dos quais, as pessoas hoje exprimem suas emoções. Sendo que cada uma tem um significado especial. As tulipas traduzem amizade e simpatia, os lírios simbolizam o desejo de sorte e a rosa, considerada a flor clássica do amor, expressa sofrimento e paixão.

Na Idade Média, ofertar um ramalhete de violetas a alguém era símbolo de um amor secreto e, dessa forma, os mais tímidos se valiam delas para demonstrar sua paixão.

Mas o que mais me impressionou nesta minha pesquisa, Maryh, é que as rosas que vemos hoje pouco lembram suas ancestrais nascidas nos campos persas, há milhões de anos e dali perpetuadas para o resto do mundo. Se as singelas espécies cultivadas naquela época, e adoradas por nossos antepassados apresentavam uma cor pálida, fragrância quase imperceptível e apenas cinco pétalas, a geração atual floresce com até cem pétalas, exibe matizes os mais variados, transmite um aroma mais marcante e expressa uma exuberância que até Flora, deusa grega das flores, se orgulharia, mas que é fruto exclusivo das mãos do homem que, num momento de rara inspiração, interferiu na natureza, não para destruir, mas para aperfeiçoar a rosa, intensificando ainda mais a sua beleza por meio de um processo genético, que talvez demorasse séculos para se desenvolver naturalmente.

Sinceramente considero este um exemplo irrefutável de que podemos realmente viver em harmonia com o ambiente que nos cerca, garantindo a sobrevivência da vida e quem sabe até mesmo, em um futuro longínquo, possamos exportá-las para outros planetas.

Maryh me agradeceu as informações e, olhando no relógio, resolveu voltar para dentro da casa, para levar Snorri à escola.

Eu peguei o jipe e fui tirar algumas fotos pela região, ficando até à noite pelas montanhas, lagos e vulcões.

Na manhã seguinte, lá estava eu novamente conversando com a Maryh. Enquanto finalizava o café da manhã, falávamos sobre culinária e ela comentava sobre uma viagem que tinha feito à França; aliás, dizia-me que em nenhum outro lugar do mundo a arte de comer mereceu tanta atenção quanto nesta região.

— As ervas, queijos e condimentos combinavam delicadamente com tudo para fornecer alegrias inesquecíveis ao paladar, aqueles molhos à base de creme de leite, as inesquecíveis trufas, os seus vinhos, realmente tenho ótimas lembranças deste país, comentou.

Eu, sempre curioso, quis saber se conhecia algo sobre a culinária brasileira. Ela, meio constrangida, me respondeu que não conhecia absolutamente nada.

— Precisa então conhecê-la, Maryh, pois a nossa culinária é uma das mais ricas do mundo.

– Não faltará oportunidade – me respondeu, sempre simpática. Continuei conversando enquanto ela tomava café.

Neste momento, eu admirava da janela da cozinha as belezas de uma terra onde o fogo e o gelo se digladiam.

Quando escutei Iohan me chamando e me convidando para experimentar alguns outros licores que havia preparado, claro que aceitei imediatamente, pois adorava aqueles seus licores.

Eu achava Iohan uma pessoa muito equilibrada emocionalmente; talvez a sua formação em psicologia o tenha ajudado nesse sentido. Sempre que conversávamos, eu gostava muito de explorar um pouco estes seus conhecimentos relacionados à psique humana.

Logo que cheguei à varanda pude perceber claramente aquela sua tranquilidade que, para mim, já lhe era característica, aliás, esta sua placidez me impressionava muito.

Após experimentar um de seus licores, começamos a conversar e fui logo lhe perguntando se em um lugar com paisagens tão lindas era possível ficar mal-humorado.

Após a minha pergunta, ele me olhou e, sorrindo, me disse:

– Claro que sim, contudo aprendi a controlá-lo muito bem, graças ao meu curso; e na época discuti muito sobre este tema, aliás, sem exageros, acho que esgotei, juntamente com meus colegas, todos os seus aspectos.

E continuou...

– Sabe, normalmente quando o indivíduo se deixa levar por um estado de humor variável ele acaba por sentir aquelas terríveis depressões, que todos nós em um momento ou outro de nossas vidas presenciamos ou sentimos, nos demonstrando que isso é, até certo ponto, plenamente normal. Entretanto, no decorrer de minha vida, aprendi que, à medida que vamos amadurecendo e compreendendo consciente ou inconscientemente as verdadeiras causas destas flutuações emocionais, vamos ficando mais bem preparados para vencê-las e, pode acreditar, esta é uma luta que dura por toda a nossa vida.

Afinal, como sabemos, em apenas um dia nossa mente presencia inúmeras situações que nos influenciam positivamente ou negativamente em nosso humor e, mesmo quando não percebemos, estas ingerências sociais estão sempre atuantes e, muitas vezes, por uma razão ou outra, acabamos não conseguindo administrar bem estas imensas quantidades de carga emocional que recebemos, até que acabam por definir o nosso estado de espírito, que se torna um simples produto do ambiente externo ao qual estamos expostos e quase sempre resultando em mau humor.

– Acho interessantíssimo este assunto, sobre as emoções – comentei com Iohan, que prontamente concordou e continuou...

– Para os indivíduos mais bem preparados, todo e qualquer antagonismo é sempre encarado como mais um desafio a ser vencido. A força da vida neles flui como uma mola forte e elástica que não pode ser reprimida eternamente e, com isso, amadurecem e ficam cada vez mais fortes.

Em contrapartida, também existem períodos fáceis em nossas vidas. Quando todos os ventos sopram a nosso favor, o panorama é luminoso, a alegria de viver é espontânea e a vontade de realizar é inquebrantável. Este pode ser aquele famoso "nosso momento", que acontece poucas vezes em nossa vida.

— Sinceramente — comentava Iohan para mim —, o grande segredo para manter a estabilidade emocional depende unicamente da forma como encaramos os vários panoramas de nossas vidas e de como os administramos, ou seja, o preparo de cada um faz a diferença no resultado final.

Como dizem, aquilo que não nos mata certamente nos tornará mais fortes.

Nisto a Maryh estava na porta da varanda. Aproveitando uma pequena pausa na nossa conversa, nos chamou para comer alguns petiscos.

Achei ótimo! Acho que todos nós, incluindo também Snorri.

A conversa com eles fluía tão naturalmente sobre todos os assuntos que realmente estava adorando ficar este tempo com esta família.

Algumas horas depois, estava escrevendo e assistia a uma partida de hockey pela televisão, quando a Maryh entrou na sala um pouco aflita, me pedindo um favor logo em seguida.

Perguntou se eu poderia buscar o seu filho na escola, pois teria de resolver alguns problemas urgentes relacionados aos empregados da fazenda, e não estava conseguindo localizar Iohan naquele momento.

Prontamente aceitei, pois ainda não conhecia o pequeno vilarejo onde Snorri estudava.

Segui direto rumo à pequena cidade, que, fiquei sabendo, era muito famosa por suas estufas, onde se cultivavam verduras, frutas e principalmente flores.

Snorri já estava me esperando na saída da escola. Era um garoto com cabelos bem vermelhos, pele bem branca e olhos bem azuis. Quando o via sempre imaginava que se anjo tivesse forma certamente seria parecido com Snorri.

Ele é um garoto, e como todos os garotos parecia ser um sonhador, daqueles que sonham com alienígenas bonzinhos, mas também com os maus, que sonham com as guerras, mas sonham com a paz também, era falante e dizia que achava a minha profissão legal.

Neste momento eu sorri, respondendo que era, na verdade, engenheiro, que gostava de escrever nas horas vagas sobre assuntos da vida e da natureza humana.

Ele estava bastante animado, falava sobre muitas coisas e me disse que precisava escrever uma história infantil para a escola e se eu tinha alguma ideia para ajudá-lo.

Respondi que sim, que uma vez tinha iniciado uma história infanto-juvenil, mas ficou inacabada. E ele me perguntou sobre o que era.

— Era sobre um peixe chamado Napoleon.

— Então me conte – pediu ele.

— Bem, Napoleon era um peixe muito esperto e adorava brincar com seus amigos, alguns peixinhos coloridos, que se moviam lentamente, como se fizessem parte de um harmonioso balé submarino em uma dança de peixes. Ele era um tanto curioso e tinha em seus olhos uma expressão vagamente humana, que impressionava, por vezes, alguns mergulhadores que por ali passavam e acabavam não resistindo à beleza daqueles peixinhos coloridos com suas magníficas cores, fazendo com que muitas vezes se esquecessem de seus objetivos, simplesmente para tirar algumas fotos deles. Napoleon era sempre o mais animado dentre todos, juntamente com o seu melhor amigo Nino, um peixe-palhaço, e com os dois por perto a diversão era certa. Nino, quando percebia que estava sendo observado, começava a inflar seu corpo, adquirindo uma forma tão desproporcional que era impossível não rir, mas Napoleon não ficava atrás, principalmente quando colava seu olhão bem próximo ao dos mergulhadores, saindo logo em seguida e voltando pouco depois era muito engraçado.

Snorri estava atento e, apesar de já termos chegado, continuava...

— Napoleon era um sonhador e, por vezes, ficava olhando o seu reflexo em um espelho quebrado no fundo do mar, imaginando...

— Bem Snorri, agora fica por sua conta! Se quiser, é só complementar o resto desta história.

Ele, então, acenou a sua cabeça como que concordando comigo, e saiu correndo para se trocar, pois ainda precisava juntar as ovelhas.

Maryh já tinha resolvido seus problemas na fazenda e estava mais tranquila, sentada na varanda, conversando com Iohan.

Resolvi então caminhar um pouco nas proximidades, para espairecer, pois de repente comecei a sentir um pouco de saudade do Brasil e de algumas pessoas.

Após algum tempo, já no meu quarto, eu olhava algumas fotos da ilha que estavam colocadas na parede em frente à minha escrivaninha, planejando conhecê-las em breve.

Não obstante, ainda me sentia um pouco depressivo dentro daquele quarto. Infelizmente, às vezes, isto acontece comigo, independentemente do local onde estou ou do que estou fazendo.

Segundo Iohan, esse tipo de comportamento é até bem comum nos dias de hoje, principalmente devido ao estresse emocional a que todos nós estamos expostos continuamente.

Talvez esta minha depressão repentina tenha sido causada, paradoxalmente, pela estabilidade emocional que estava vivendo naquela fazenda, coisa bastante rara em minha vida, sempre conturbada e cheia de bombardeios emocionais.

Quando essa instabilidade emocional acontece comigo, gosto de meditar um pouco, aliás, coisa que os monges eremitas, descobridores desta ilha, já faziam desde o ano 700, buscando o seu equilíbrio interior.

Eu sei que, de um modo geral, o cérebro humano enfrenta um conflito permanente entre seu centro de emoção, que procura a satisfação imediata, e a zona da razão, que privilegia os objetivos a longo prazo.

Fui então para a varanda, onde gostava de meditar, aproveitando também para contemplar a paisagem daquela fazenda, um tanto atípica, e ponderar um pouco sobre tudo que estava acontecendo comigo, com minhas emoções.

Nisso me lembrei de um dos filmes que mais me emocionou: *O homem bicentenário*, com Robin Williams.

Este filme é uma ficção científica original e conta a trajetória de dois séculos de busca por humanização empreendida pelo personagem principal. Contudo, quem busca por essa humanização não é uma pessoa, e sim um robô, uma máquina criada pelo homem para servi-lo.

Esta história, na verdade, beira uma comédia, pois se refere a uma máquina especial, que saiu de fábrica com um "pequeno defeito". Esse defeito a fez, em certo momento, sentir que deveria perseguir uma evolução além daquela projetada por seus criadores. O robô buscava ser mais humano, possuir paixões e desejos...

Às vezes, me pergunto se seria realmente possível haver uma convivência harmônica entre a lógica e a emoção em um único ser, ou se estes conflitos sempre existirão, pois a nossa realidade não deixa de ser um grande labirinto de incertezas.

Acho que devemos guardar nossos medos para nós mesmos e partilhar nossas coragens, mas sem esconder os medos nos subterrâneos de nossos castelos. Deixemo-los presos, em celas pelas quais passamos todos os dias.

Escute, sim, o que eles têm a dizer, porque isso é o que eles fazem bem. Mas deixe-os atrás das grades, em prisão perpétua.

E solte sua coragem, controlando-a apenas para que não se transforme em arrogância.

Sempre tive o hábito de reservar pelo menos meia hora do dia para este tipo de análise conceitual que me ajuda a buscar um sentido para a vida, além de me causar uma sensação boa, um tipo de autopercepção de valores, que sempre me auxilia no esclarecimento de minhas ideias e de meus conflitos.

Fiquei algum tempo por lá, balançando em uma cadeira e pensando sobre muitas coisas que fazem realmente parte quase integral de nossas vidas, como os sonhos, o que infelizmente demonstra que só sonhar a vida não é vivê-la.

Os sonhos nos ajudam a traçar objetivos, metas de vida, mas em contrapartida também nos frustra, nos decepciona e mexe muito com o nosso emocional.

Eles abrangem, por um lado, os impulsos instintivos da natureza e, por outro, incluem sentimentos nobres. Eu sou adepto da teoria de Jung, que compara a mente humana a uma casa, onde os andares altos, decorados com seus objetos pessoais, representam os níveis mentais mais conscientes e, à medida que se desce, encontram-se os elementos universais, sendo que no seu porão fica o nosso inconsciente mais profundo.

Acho que o indivíduo pode alcançar uma grande superioridade intelectual e ainda assim permanecer emocionalmente um bebê.

Pensava que o equilíbrio emocional e a maturidade são ingredientes essenciais para o nosso autodesenvolvimento, mas para este fim temos de adquirir um conhecimento íntimo de nós mesmos, temos de definir limites para nossos impulsos, desejos e sonhos, buscando realizá-los de uma forma tão racional e organizada quanto possível.

Uma das coisas mais valiosas que podemos aprender sobre as leis cósmicas é que tudo tem uma pulsação e segue um ritmo.

Ação e estagnação, emoção e razão, luz e escuridão, tempo para semear e tempo para colher.

Para viver respiramos, temos um ritmo cardíaco e respiratório, com pausas e movimentos. Essa pulsação cumpre duas funções importantes, no sentido de recuperar uma condição anterior e se preparar para outra, posterior.

Apesar deste envolvimento, quase nunca percebemos esta pulsação de energia, esta sintonia de vida, que existe continuamente, sempre definindo movimentos, desejos e valores em nossas vidas.

Resolvi então voltar para o meu quarto. Foi quando encontrei um jornal local, que estava em cima do sofá da sala. Após ler algumas de suas notícias de forma um pouco mais crítica pude perceber claramente que, independentemente do local onde estamos, é sempre muito difícil fazer qualquer análise no âmbito comportamental, mas, realmente, não há como se enganar diante da dura realidade da vida.

Muitos vivem, mas poucos vivem bem. Isso porque os interesses individuais quase sempre estão em primeiro lugar, representando um comportamento muito simples e humano, a necessidade de se sobressair na multidão.

A nossa sociedade está fundamentada em uma seleção natural de valores um tanto discutíveis, mas ainda acredito na existência de pequenos oásis, como esta fazenda onde estou passando algumas semanas, usufruindo de momentos bastante agradáveis.

Esta ilha parecia mágica para mim e me causava grande paz interior, apesar das minhas flutuações emocionais, que há muito não sentia, e estava realmente muito satisfeito em poder conviver por algum tempo com esta família tão cordata e feliz.

Olhei por um instante no relógio, lembrando-me dos planos de conhecer a capital da ilha e, realmente, na manhã seguinte, bem decidido, peguei o jipe e segui até a capital. Tive sorte, pois o percurso foi muito tranquilo; a estrada estava quase sem movimento e pude apreciar bem toda a beleza natural daquela região.

Do meu lado direito havia um espinhaço crivado de fendas, uma maravilha da natureza; próximo a ele, alguns dos famosos cavalos da ilha, pastando tranquilamente no campo. Durante séculos, eles ficaram isolados e hoje são conhecidos no mundo todo por sua força, mansidão e marcha macia. Por lei, nenhuma outra raça pode ser importada.

Seguia as placas um tanto curioso, até que, após uma curva, avistei sua capital ao longe no horizonte.

Chegando lá, pude perceber que suas construções eram baixas e bem alinhadas.

Ao descer por uma de suas ruas, levemente inclinada, notei que a luz do sol ficava cada vez mais branca e custava a se levantar na linha do horizonte.

Segui quase até o seu final, virando em uma de suas avenidas, onde encontrei muitos cafés espressos e também uma portentosa catedral em estilo neoclássico.

Resolvi então parar um pouco em um destes cafés, para um lanche rápido, aqueles famosos *fast foods* americanos.

No café, sentei em uma mesa do lado de fora, próximo a um senhor com uma grande barba branca, aparentando ter uns 70 anos.

Ele estava envolto por vários livros em cima da mesa e, olhando aquilo, fiquei imaginando que devia estar fazendo algum tipo de pesquisa.

Um pouco depois, após ter feito o meu pedido, este senhor me acenou e me perguntou de onde eu era. Prontamente lhe respondi que era do Brasil e que estava aproveitando as minhas férias para fazer um turismo na ilha. Ele se mostrou bastante receptivo e resolvi lhe perguntar se poderia me dar algumas boas dicas de passeio naquela região.

Após pensar um pouco, franzindo os seus cenhos, me respondeu que deveria incluir no meu roteiro os sítios arqueológicos, que culturalmente seria bem interessante, e também não poderia me esquecer de uma cachoeira que ficava ao norte da capital, que era ótima para fotos.

Como meu lanche ainda não tinha chegado, continuei explorando um pouco mais a nossa conversa. Devido a alguns livros de medicina que via em sua mesa, lhe indaguei se era médico. Após um breve sorriso, o senhor me confirmou, dizendo-me que era cardiologista.

Continuamos então conversando por mais algum tempo, até que, após terminar o meu lanche, me despedi deste senhor e segui direto para os sítios arqueológicos.

Depois fui também até a cachoeira, terminando a minha manhã na capital em um antigo centro pesqueiro, onde pude ver de perto um daqueles famosos barcos *vikings*, que aparecem nos filmes.

Em uma loja próxima ao pesqueiro, fiquei impressionado pelas variedades de cores de alguns cristais em exposição na vitrine, que causava um efeito de raro esplendor.

Aproveitei e comprei uma lembrança. Era uma escultura com pequenos topázios cristalizados sobre um pedaço de quartzo.

Acho, sinceramente, que poucas coisas no mundo são tão perfeitas como eles, os cristais.

Sem dúvida foi um passeio interessante, mas acho que esperava um pouco mais. Talvez tenha me faltado uma boa companhia...

É interessante o destino. Quando virei do lado, escutei alguém conversando comigo, pedindo a minha opinião sobre alguns cristais expostos na vitrine. Quando olhei em seus olhos, simplesmente queria me perder neles. Naquele momento procurei coordenar a minha respiração e, sorrindo, externei a minha opinião sobre os cristais.

Ela era uma linda garota de uns 20 anos, olhos azuis e cabelos com mechas avermelhadas. Não resistindo ao momento, busquei conversar com ela e fiquei sabendo que era norueguesa, estava também a passeio na ilha e iria ficar mais alguns dias.

Ficamos amigos e passamos o resto do dia juntos, até que resolvi levá-la de volta ao seu hotel. Nossa sintonia era total e, chegando ao *hall* do hotel, ela me convidou para subir até seu quarto, o que prontamente aceitei. No elevador procurei os olhos dela, queria me perder neles. Ela me parecia tão especial naquele momento...

Durante a subida fechou os seus olhos e aninhou-se junto do meu pescoço. Daí partiu uma expedição de beijos ternos, que sofregamente percorreram todo o meu rosto e pescoço. Depois ela se voltou aos meus olhos, praticamente esperando uma resposta... Um sim. Um não.

Chegamos então em seu quarto e, após entrarmos, o desejo tomou conta de nós. Horas depois estávamos exaustos e extasiados. Sinceramente, achava que aquele nosso encontro não era fruto do acaso. Dormimos embalados na essência um do outro.

Neste momento, eu pensava que esta noite de amor foi um bônus inesperado para mim; ambos éramos muito sonhadores e demasiadamente parecidos.

Nós montamos a nossa estrutura de vida, o nosso ciclo social e fica difícil se soltar em um envolvimento com uma pessoa tão maravilhosa quanto a garota que conheci e que me fez tão bem.

A razão me dizia que precisava me despedir o quanto antes, pois o amor pode ser um mestre impiedoso, mas é sem dúvida o melhor, pois pode nos fazer suficientemente fortes para enfrentar o mundo, sem nos deixar, em momento algum, sucumbir aos seus mistérios.

De manhã me despedi desta diva, com um demorado beijo... E pensava: *nesta minha vida, tudo me surpreende, tudo me alegra e pouco me desilude*.

Sinto a vida passar por mim a todo instante e tantas sensações ainda a experimentar, mas infelizmente tudo é tão efêmero, tão transitório, tão truncado quando se busca conhecer a si mesmo, mas sei que ninguém realmente descobre a si mesmo, pois o eu não é algo que possa ser encontrado, mas somente criado, e por isso devemos ter sempre em mente que não se deve tentar descobrir quem é, mas, sim, escolher o que se é.

Para isso é imprescindível ter uma visão do que temos e também do posicionamento que assumimos perante a vida.

É importante sempre ter em mente que nós não somos o nosso passado, por mais tenebrosa ou maravilhosa que tenha sido a nossa história, e de tudo que possa ter marcado esta nossa trajetória de vida, representada pelos vários exercícios de inteligência emocional que tivemos, dentro do contexto de nossa realidade.

Apesar de todas as possíveis marcas, ainda assim não somos o nosso passado e nem nunca o seremos, pois, independentemente dos sucessos e da sorte que tenhamos experimentado, isso também não nos definirá.

Nós somos o que escolhemos ser agora e por este motivo é primordial que nunca se diga: "eu nasci assim", tentando justificar de forma inadequada algum tipo de desculpa comportamental que tenha acontecido.

Cada vez que pensarmos desta forma estaremos cerceando o nosso poder de escolha e valorizando mais os nossos defeitos, dando-lhes uma força que eles realmente não têm.

Tudo que espelha permanência em nossa vida é ficção, pois todos nós somos seres mutantes neste universo e mudamos todos os dias, a todo momento, demonstrando-nos que a única coisa de permanente nesta nossa vida temporal é o estado da mudança.

Somos o que fazemos hoje e o que escolhemos ser, e precisamos sempre considerar isso na relatividade de nossos pensamentos, quando observamos o fluir da nossa vida através de qualquer tipo de interação com o meio onde vivemos.

Se formos fazer uma análise crítica da existência humana como um todo, das suas relações e dos seus comportamentos, é bem possível que cada um de nós se identifique com um destes dois elementos da natureza: a água ou o diamante.

A água é flexível, fluida, plástica, altamente adaptável ao ambiente e, sendo inodora, insípida e incolor, recebe qualquer cor, qualquer gosto e qualquer cheiro.

Ela interage com o meio, se liga imediatamente ao contato com qualquer outro elemento existente na natureza, inclusive mudando o seu estado molecular de acordo com os fluxos de energia existentes no ambiente em que se encontra, sendo essencial à vida.

Em contrapartida, o diamante é rígido, duro, corta todos os outros elementos e não se liga a nenhum deles, é inflexível e não suporta nenhuma mancha, estando sempre ligado à imagem de ostentação e riqueza, não sendo essencial à vida.

Esse exemplo talvez demonstre bem a lição que a natureza nos deixa, em que a principal virtude que podemos ter em nossas relações humanas é a flexibilidade existente por meio de um diálogo aberto, sem imposições e sempre com respeito à individualidade e à liberdade de cada um nas suas escolhas.

Cada pessoa tem o seu ritmo de vida, seus caminhos, a sua forma singular de ver e pensar o mundo.

Neste momento, já estava bem próximo do carro. Pensava na intensidade dos momentos que havia acabado de passar naquele quarto de hotel. Que garota maravilhosa, que lábios macios. Já dentro do carro, após beber um pouco de água isotônica, resolvi seguir o meu caminho de volta.

A estrada estava tranquila e eu um tanto feliz por tudo que tinha me acontecido neste passeio, e de forma tão inesperada.

Após algum tempo, já chegava à fazenda e pouco depois estava em meu quarto. A porta estava entreaberta e, quando levantei os olhos do meu *laptop*, surpreso, percebi Iohan apoiado em um de seus batentes, com um largo sorriso no rosto, olhando para mim e logo me enfatizando: você está com um semblante ótimo! Depois me perguntando curioso sobre qual assunto estava lendo naquele momento.

Eu prontamente lhe respondi que era sobre as Plêiades e os equinócios.

Um tema muito interessante, retrucou, pois acho os mistérios da astronomia fantásticos.

Eu concordei, dizendo-lhe, na sequência, que tinha visto um pequeno telescópio em seu quarto, e já imaginava isso.

Iohan então ratificou, complementando que era um dos seus passatempos preferidos, ficar vasculhando o céu.

Ele estava visivelmente empolgado com o teor da nossa conversa, dizendo-me que havia lido um artigo um tanto curioso sobre esse assunto e que sugeria que o leitor, para poder entendê-lo, deveria se imaginar há um trilhão de anos-luz da Terra, e continuou...

— Hipoteticamente, este artigo considera que o nosso universo, visto desta distância, não seria mais que um ponto de luz de vinte bilhões de anos e que poderia perfeitamente estar convivendo com outros universos, semelhantes ou diferentes.

Na verdade, ele seria como uma simples célula em um corpo maior representado pelo infinito.

— Muito interessante esta sua definição, Iohan, até bem simples, considerando-se a complexidade dos detalhes que envolvem nossa vida.

Realmente, seria maravilhoso se, em um futuro longínquo, tudo isso fosse verdade, pois abriria um leque fantástico de pesquisas e possibilidades, até então inimagináveis para a nossa realidade, podendo inclusive, em uma hipótese bem remota, mudar até as nossas referências sobre o espaço-tempo. Iohan então retrucou:

— É verdade, mas infelizmente a nossa ciência ainda está muito longe disso, afinal nem rompemos ainda a barreira da velocidade da luz, mas as dificuldades dos princípios fazem parte do processo da evolução humana.

Resultado de uma longa evolução genética, que somada à trajetória pessoal em um meio físico define o que somos hoje.

Sabe, quando observo as estrelas, percebo o quanto nós, seres humanos, não sabemos nada; vivemos ainda envoltos em muitos enigmas, sobre a nossa verdadeira realidade, se somos realmente apenas um elo no tempo, ou se somos mais que isso.

Nós ainda não conseguimos responder perguntas básicas, como "de onde viemos?" e "para onde vamos?", ou "como surgiu à primeira célula? e se "estamos sozinhos no universo?".

São questões intrigantes de nossas vidas e, sinceramente, acredito que grande parte do sofrimento humano no decorrer da história aconteceu principalmente devido a este pouco entendimento que temos de nossas reais origens.

— É verdade, Iohan, este é um assunto fascinante, principalmente no que se refere à criação da primeira célula.

Eu sempre procuro, na medida do possível, formar conceitos sobre tudo que se relaciona com a vida, mas sempre focalizando mais, a sua influência sobre as emoções, que, em minha opinião, é a verdadeira luz da matéria, o que realmente importa na vida.

Acho que todas essas questões sobre a criação são muito intrigantes, e por isso exigem um alto grau de subjetividade nas suas conclusões, pois depende muito da visão que cada pessoa tem de si mesma e dos elementos que formam o nosso universo.

Olhando para o Iohan, após um breve sorriso, perguntei se ele tinha alguns minutos para ouvir algumas de minhas teorias sobre a criação, mas, obviamente, sem nenhum compromisso com a verdade dos fatos, são apenas ideias e conceitos muito particulares.

Neste instante, ele se sentou à beira da cama e me disse:
– Claro! Sou todo ouvidos.
– Bem, Iohan, eu acho que, no enigmático contexto da evolução, o surgimento da primeira célula realmente é um dos mais intrigantes, e há alguns anos senti necessidade de formar algumas ideias sobre esses assuntos, pois são questões que estão intrinsecamente ligadas ao nosso emocional, pois referem-se às nossas origens.

Objetivamente, para mim ela é o resultado da combinação do ácido nucleico com os elementos existentes na Terra primitiva, como o nitrogênio, o oxigênio, resultando em combinações muito simples e que ocorriam sempre de forma casual dentro do ambiente; e a cada novo contato sempre registrava através de uma sequência química o comportamento do seu conjunto, sempre em função das variantes que ocorriam, como possíveis descargas elétricas, as variações térmicas e muitos outros fatores, e que foi oferecendo todas as condições para que, através dos seus registros, evoluísse buscando o seu melhor comportamento em relação ao ambiente, mas sempre mantendo o seu melhor resultado para a sua linha evolutiva, agindo como um verdadeiro *software* da vida, reunindo dados por bilhões de anos até que fosse possível a sua criação, resultado da reunião simples de incontáveis registros químicos.

Analisa comigo, Iohan, desde os princípios mais remotos da existência, a meta final da vida sempre foi a harmonia entre os elementos, seria algo como uma tendência contínua no sentido da unificação de todos os aparentes opostos que fazem parte de nossa vida e que, na verdade, agem apenas como coadjuvantes, pois a nossa essência é única e imutável.

É curioso quando se analisa alguns aspectos da vida, que, apesar de transparecer simplicidade em seus princípios, é muito complexa, pois tem muitas tendências conflitantes.

Nisso Iohan me interrompeu dizendo:

— Agora você entrou em um assunto que é a minha especialidade. Concordo, em parte, com você, realmente acho que a vida tem muitos planos e tendências, acho também um engano até muito comum quando levamos um desejo longe demais, a custa de todos os outros, pois a vida é como você disse: basicamente um conjunto de tendências que precisam ser organizadas da forma mais coerente possível, visando facilitar nossa contínua busca pelo equilíbrio emocional.

Afinal, todos nós sempre temos em nossa mente uma multidão de desejos, quase sempre conflitantes e entrelaçados.

Nela existem diferentes impulsos primitivos, racionais, egoísticos, altruísticos e todos precisam ser bem administrados, sempre buscando, como meta final, a harmonia inteligente entre os elementos, que se expressam principalmente por meio de nossas emoções e também das de outros seres.

Este é o princípio operativo de qualquer conceito de harmonia.

Agora não se engane, a vida é simples em seu âmago, precisamos apenas explorar a sua essência e entender os seus detalhes, as suas entrelinhas, mas para isso se faz necessário, utilizarmos o intelecto, buscando os princípios mais simples, o que realmente não é muito fácil.

– Concordo, Iohan, mas de qualquer forma, independentemente de tudo, de qualquer contexto que exista no universo, acho fantástico podermos participar deste processo da vida, ao menos por um instante, afinal todos nós somos e seremos sempre eternos em nossos desejos.

Para mim, a vida é apenas uma percepção, e toda a diferença está simplesmente na forma como escolhemos as lentes, pelas quais cada um de nós verá o mundo.

Existe uma história que explica bem isso e diz o seguinte:
Um garoto olhava sua velha tia escrevendo uma carta e a certa altura perguntou:

— Você está escrevendo uma história que aconteceu conosco?

A tia parou a carta, sorriu, e comentou com o sobrinho:

— Estou escrevendo sobre você, é verdade; entretanto, mais importante que as palavras é o instrumento que estou usando, e gostaria que você fosse como ele quando crescesse.

O garoto, então, olhou para ela intrigado e, não vendo nada de especial, disse:

— Mas ele é igual a todos os outros que vi em minha vida!

— Não, meu sobrinho — respondeu a tia —, tudo na vida depende do modo como se enxerga as coisas.

Pense comigo, com esse instrumento você pode fazer grandes coisas, todavia, pode também usar a borracha e apagar o que estiver errado, para se manter no caminho do bem.

Mas não se esqueça: o que realmente importa nele não é a madeira ou sua forma exterior, mas o grafite que está dentro e que define seu valor; portanto, sempre cuide daquilo que acontece dentro de você.

Agora, vem o mais importante, ele sempre deixa a sua marca, da mesma maneira que nós, na vida; por isso procure sempre ser consciente de suas atitudes, que elas definirão o seu real valor.

A conversa estava interessante, mas Snorri chamava o pai insistentemente e ele teve que interromper a nossa conversa, mas, antes de sair, disse-me para continuar o que estava lendo, pois parecia ser bem interessante.

Quando fiquei sozinho no quarto, continuei pensando e acabei me lembrando de uma frase que havia lido e depois certamente a comentaria com o Iohan.

A forma não é diferente do vazio, o vazio não é diferente da forma.

A forma é somente o vazio, o vazio é somente a forma e as nossas sensações, percepções, vontade, consciência também são assim; e continuava pensando...

Tudo na vida segue uma pulsação, uma sintonia, um ritmo, que se baseia em uma lei universal que rege todas as outras; onde construir, sempre será mais difícil que destruir.

Por isso, sempre devemos estar preparados para construir em ruínas, enfrentar vazios, desertos, que podem significar, em determinados momentos, a necessidade de uma renovação interior e de vida.

Anos atrás, eu ganhei um presente que espelha bem isso.

Era um bonsai, uma dessas arvorezinhas japonesas. Com o passar dos dias, ela foi paulatinamente perdendo o seu vigor de tal maneira que precisei levá-la a um jardineiro, que para meu espanto, logo que cheguei cortou todos os seus galhos, dizendo que esta ação era necessária. Depois disso, fui embora um pouco apreensivo; todavia, uma semana depois, a árvore havia se revigorado e voltado a crescer, a florir e até a dar frutos.

Esse fato demonstra bem o fantástico poder de renovação da vida, e por isso não devemos perder o nosso tempo com picuinhas, pois ele urge e passa muito rápido.

Nesta linha, precisamos pensar em criar vazios em nossa vida, às vezes buscando uma renovação de coisas e valores, visando preencher as lacunas que ficam da melhor maneira possível.

Devemos encarar todos os empecilhos como fontes de informação, pois aquele que diz saber de tudo se fecha para as novidades e dificilmente terá uma vida criativa.

Dizer a si mesmo "eu não sei" é o primeiro passo para evoluir, todavia não fique esperando que as coisas aconteçam para criar vazios, pois a lógica da vida é exatamente o contrário, é criando-os que as coisas começam a acontecer.

Entretanto, é importante que se saiba discenir, de forma coerente, o que realmente é essencial para a nossa vida.

Todo vazio é apenas uma parada estratégica para grandes oportunidades que certamente ocorrerão, pois tudo que está preso ou amarrado está errado.

Eu sempre acreditei que o grande segredo dessa misteriosa arte de viver está em saber o que se pode fazer e como se pode fazer, colocando toda a sua atenção, toda a sua energia nisso, pois, de qualquer maneira, convivemos a todo instante com coisas materiais que a qualquer momento podem cair, se quebrar e desaparecer. Como diziam os antigos: *Omnia transit*, ou seja, tudo passa e tudo caminha.

A vida é o nosso bem supremo e devemos vivê-la com toda a intensidade, mas só poderemos entendê-la mesmo quando pudermos perceber amplamente a diferença do que vemos para o que somos.

Continuava ali sozinho, ainda analisando este tema que tanto gostava enquanto me lembrava de algumas histórias, sendo uma especial, de origem budista, que vale a pena contar:

Um homem, seu gato e seu cão caminhavam por uma estrada, mas estavam mortos e não sabiam.

A caminhada era muito longa, morro acima, o sol era forte e eles ficaram suados e com muita sede e precisavam desesperadamente de água.

Após uma curva, avistaram um portal maravilhoso, magnífico mesmo, que levava a uma fonte de água cristalina. Dirigindo-se ao guarda do portal, o homem perguntou se poderia matar a sede, tomando daquela água, e o guarda prontamente respondeu que sim – mas sem o cachorro e o gato –, enfatizou.

– Mas eles também estão com sede.

– Sinto muito – respondeu o guarda.

Então, o homem, desapontado e um pouco cabisbaixo, seguiu o seu caminho e, depois de muito caminhar, chegou a um lugar, cuja entrada era um portão bem velho semiaberto e a porteira se abria para um caminho de terra, com árvores dos dois lados que lhe fazia sombra. À sombra de uma das árvores estava deitado um ancião com a cabeça coberta por um chapéu; parecia que estava dormindo.

Após cumprimentá-lo, o homem explicou-lhe que ele e seus bichos estavam com muita sede, e que logo na frente podia ver uma fonte perto de algumas pedras, indicando o lugar. Perguntou, então, se poderiam beber daquela água.

– Podem beber à vontade – respondeu-lhes o ancião.

Então, foram até o local para matar a sede. Depois, agradeceu ao ancião e, saindo, o escutou falando:

– Voltem quando quiserem.

Ainda um pouco intrigado, voltou e lhe perguntou:

– A propósito, qual é o nome deste lugar?

– Céu – respondeu o ancião.

– Céu? Mas pensei que na guarita ao lado do portal em mármore fosse a entrada para o céu!

E logo, sorrindo, o ancião respondeu-lhe:

– Não! Aquilo não é o céu, aquilo é o inferno! – disse isso deixando o caminhante surpreso, que retrucou:

– Mas esta aparência falsa na entrada pode causar grandes confusões.

– Engano seu – respondeu o ancião –, pois na verdade eles nos fazem um grande favor, porque lá ficam aqueles que são capazes de abandonar seus melhores amigos.

Essa história nos mostra bem que, no final, vale mesmo o que se é e não o que se vê.

Após este momento de meditação, resolvi ligar para o Brasil, para saber como tudo estava por lá e, graças a Deus, tudo estava dentro dos conformes em casa. Todavia fiquei sabendo de um incêndio monstruoso que estava acontecendo em uma reserva importantíssima no interior do estado do Pará.

Houve uma mobilização gigante da população local, para ajudarem na contenção daquele incêndio.

É interessante observar como a lógica das coisas funciona às vezes, demonstrando que há momentos em nossa história em que a preocupação com a ecologia parece ficar acima de todos os conflitos sociais. Isso é o que parece ter acontecido neste caso do incêndio, em que os que poluem e os que fiscalizam esta poluição falam uma mesma linguagem que soa comum aos dois lados na defesa do ambiente.

Isso fica bem claro quando a ecologia vira bandeira política, em uma doutrina que basta a si mesma, desligando-se do resto dos problemas.

Ela é uma ciência nova, mas nutre suas raízes na história da própria humanidade, quando buscamos vestígios capazes de provar que a relação do homem com a natureza pode ser comparada a um casamento cheio de amor, mas também de sobressaltos, capaz de conduzir à felicidade ou terminar em divórcio, até que a harmonia promova a reconciliação em prol da vida.

Se buscarmos os tempos remotos da evolução, na Terra jovem, não existia nenhuma forma de vida, a atmosfera estava cheia de uma mistura tóxica de amoníaco, metano, água e hidrogênio, trovões quebravam o silêncio pelo céu, relâmpagos iluminavam de vez em quando a superfície, mas ninguém podia observá-los.

Existem várias hipóteses para responder como teria surgido a vida neste planeta, mas não existe dúvida de que ela evoluiu a partir de uma forma muito primitiva, que foi gradativamente se formando em um ambiente complexo, resultando em um ser muito simples, incapaz de fabricar até mesmo o seu alimento.

Esse ser foi possível após o surgimento dos aminoácidos e das proteínas, que formam a base de toda a vida existente na Terra, os quais, em uma demonstração irrefutável de persistência e flexibilidade, foram vencendo todos os antagonismos do ambiente, evoluindo através de uma explosão genética até a natureza que conhecemos hoje.

Fica bem claro que para que todo este processo de vida existisse foi desenvolvido, em bilhões de anos, algum tipo de inteligência química, que pudesse aproveitar todas estas experiências com o meio para sempre evoluir.

A natureza é uma expressão maravilhosa e repleta de vida em todos os seus cantos, onde sempre se manifesta algum tipo de microatividade, que pode estar no mais tórrido dos efluentes ou no mais gélido dos picos. A vida existe por toda a parte, deslizando, rastejando, caminhando, escavando ou nadando, e mesmo os micróbios estão longe de ser estúpidos, pois são capazes de aprender com a experiência.

Existem organismos que enxergam na luz ultravioleta ou cegos que percebem o ambiente envolvendo-se em um campo elétrico. Alguns destes seres vivem apenas uma hora, outros generosos mil anos, mas não importa, o fato é que todos vivem em plena harmonia com o ambiente natural que nos cerca.

O nosso planeta precisa de cuidados sempre, pois não deixa de ser um organismo vivo e precisa ter o seu equilíbrio garantido para sobreviver; de outra forma, morrerá.

Precisamos ser seus guardiões, já que neste momento somos os seres que têm o predomínio sobre o mundo animal e vegetal.

Temos, sim, o dever de preservá-lo para as outras gerações, garantindo a continuidade da vida neste planeta, que ainda é muito frágil e por isso precisa da nossa criatividade na busca de soluções, para interferirmos o mínimo em seu ecossistema.

Essa nossa criatividade pode ser considerada como um catalisador, que por meio de uma capacidade inventiva nos ajuda na concretização de objetivos e desejos.

É natural que exista certa tendência ao conflito entre os mantenedores da ordem e o grupo da inovação, mas este é o processo que nos faz caminhar para frente.

Esses conflitos sempre existirão, pois vivemos em meio a opostos, em uma realidade sempre relativa, onde o pesado sempre será a negação do leve, o frio sempre fará oposição ao quente, mas não devemos nos esquecer de que esses opostos são apenas coadjuvantes, nós somos os verdadeiros roteiristas do filme de nossa vida, e que definirá enfim o nosso patrimônio existencial.

Estava sentado na beira da cama em meu quarto quando resolvi tirar um cochilo rápido, entretanto acabei dormindo mesmo e acordando só no outro dia. Que coisa, acho que realmente estava muito cansado.

Logo de manhã fui para a cidade fazer algumas compras e quando retornei fui logo para a cozinha tomar um copo de suco de laranja. Depois chamei Maryh e Snorri para entregar-lhes alguns presentes que havia comprado especialmente para eles.

Depois fui para a sala ler um pouco e, neste momento, me lembrei que meu tempo ali estava terminando, pois tinha apenas mais uma semana nesta terra.

Infelizmente este era o tempo que eu tinha, pois as minhas férias já estavam no fim e precisava voltar para o Brasil.

Após alguns dias, lá estava eu conversando com Snorri em uma bela tarde de sol, placidamente sentado em uma rede na varanda, acompanhando um sol maravilhoso e tomando um pouco de licor, quando fui subitamente surpreendido pelo Iohan, que veio me convidar para ir a um jantar de confraternização na casa de um de seus amigos, que claro, aceitei imediatamente.

Sentou-se ao meu lado e começamos a conversar.

— Se prepare, pois estes meus amigos são meio excêntricos, são cheios de manias e teorias.

Gostam do místico, são integrantes de uma seita e se consideram seres ultradimensionais.

Quer mais? Brincou sorrindo para mim e continuou...

Eles vivem tentando ficar em um estado de êxtase, buscando um tipo de vida exponencial, quando os visito gosto de ficar ouvindo as suas teorias e conceitos sobre a vida e o universo.

De um modo geral, acho que devemos sempre estar abertos às novas ideologias existencialistas, que, de alguma forma, nos ajude a montar este quebra-cabeça de nossas reais origens.

Eu estava muito curioso a respeito do tema e fui logo lhe perguntando, afinal, o que significava exatamente o termo "vida exponencial", pois nunca tinha ouvido antes.

Iohann então, após se servir com mais um pouco de licor, gentilmente foi me explicando, dizendo que era um tipo de expressão de vida cuja estrutura seria formada por várias dimensões, que se multiplicavam de forma exponencial, sempre baseadas em frequências diferentes, formando um tipo de sintonia interminável entre estes universos, que ficariam paralelos ao nosso, superpostos e entrelaçados, mas que não poderiam ser percebidos por sentidos normais, devido às suas matizes serem um pouco diferentes.

Algumas destas teorias são até bem explicadas pelos fundamentos da física quântica, quando esmiúça o comportamento das micropartículas dentro do microcosmo de energia existente dentro da estrutura interna do átomo; não sei se conhece algo sobre este assunto, mas é bem interessante.

Neste universo de energia, não existe o espaço e tempo, e estas partículas mudam seu comportamento quando, de alguma forma, sentem que estão sendo observadas.

Bem, Iohan, conheço um pouco. Após esta pequena pausa continuou...

— Eles acreditam que estes universos existem, contudo, não podem ser observados, podem apenas ser sentidos e, em uma possibilidade remota, até mesmo entendidos, entretanto raramente conseguem fazer algum tipo de contato.

Para isso, eles se utilizam de técnicas específicas de transcendência, e, na visão deles, a matéria é considerada uma simples expressão de energia, definição esta que também vale para todos os outros universos e, em nosso caso, esta expressão se inicia na base da estrutura interna dos prótons, que é um dos componentes do átomo.

Para eles, ainda, esta expressão de energia oscila em frequências específicas, sendo única para cada universo, definindo-se então desta forma várias características da matéria e, em hipótese, se alguma destas frequências fundamentais pudesse ser mudada, causaria transformações incríveis e inimagináveis na forma da matéria como a conhecemos, transpondo todos os conceitos fundamentais sobre o espaço-tempo, abrindo-se a oportunidade de possíveis contatos imediatos, com outras dimensões e, para isso, vivem se aperfeiçoando em seus exercícios de introspecção profunda, buscando zonas intermediárias de transição entre o abstrato da vida e a mente.

De forma resumida, eles acreditam que estas flutuações quânticas amplificadas determinaram a história do nosso universo, do sistema solar, dos planetas e ainda continuam, em um nível genético, determinando a existência dos sistemas adaptativos complexos e do próprio homem.

Analise comigo se isso não tem a sua lógica, pois se tudo na nossa vida possui uma determinada frequência de vibração, inclusive os nossos pensamentos e emoções, resultado de uma realidade formada em princípio por um aglomerado de átomos que vibram de diferentes formas em vários estados de energia.

Imagine comigo se o homem, em um exercício de inteligência, que lhe é peculiar, possa em um futuro longínquo, pela posse de detalhes desta característica dimensional da matéria, ignorar estas informações, não se utilizando delas para construir a sua realidade da maneira que queira, eu tenho certeza de que farão isso – disse-me enfaticamente e depois ainda ratificando.

Acho que isso será realmente possível, considerando que se a nossa percepção da realidade depende simplesmente da maneira como o nosso cérebro processa as várias informações que ele recebe, por meio de nossos sentidos, tudo isso seria como uma sintonia de rádio, que, ao mudarmos de sintonia, estaríamos também mudando a música a ser tocada.

Quando entramos neste ritmo cósmico de pulsação é relevante também compreender a necessidade que a vida tem de pulsar em seus vários prismas ou lados, sem ficar estagnada em apenas um deles, e tudo que existe através dela tem um pouco desta verdade cósmica, que não é absoluta, pois para a nossa realidade o absoluto não existe, somente o relativo.

O absoluto é infinito e grandioso demais para ser contido em apenas um conceito, uma imagem, já que envolve infinitos pontos por onde ele flui, mas para o relativo de nossa vida temporal estes movimentos pulsatórios de ressonância estão presentes desde o momento do nosso nascimento, pois é ele que diferencia um organismo do outro, e o singulariza.

Quando ocorre esta sintonia, cria-se instantaneamente uma grandiosidade e um fluxo de vida que vai até a alma.

Ela cria a melodia do contato e organiza a dinâmica do sujeito, agindo por meio de uma integração que se mantém estável, até o momento da separação, que é o ápice deste processo, definido pelo milagre do nascimento.

Toda esta pulsação se dirige a um mesmo fim e está implicada num mesmo destino, em um processo harmônico de sintonia entre todos, em uma dança do encontro, que ocorre a partir de todas as vidas, que é absoluta em sua essência.

O enigma da vida para nós funciona como uma cordilheira de esperanças, onde, por meio da alegria de existir, mesmo que por um momento, possa nos levar a realizar os nossos anseios de uma vida eterna.

Nunca poderemos viver de maneira correta e harmoniosa enquanto não soubermos qual a razão da nossa vida, o porquê da nossa existência e o quê, exatamente, viemos fazer aqui como pessoas.

Nós somos extremamente adaptáveis às vicissitudes do ambiente, e mesmo nos mais rudimentares sempre estamos interagindo e de alguma forma modificando-o, nessa busca contínua de energia para a sobrevivência da espécie.

Nossos mecanismos de adaptação funcionam sempre no sentido de evitarmos colapsos, e garantirmos a organização dos sistemas em prol da vida.

Por exemplo, se deixarmos nosso quarto a esmo, com o tempo estaremos vivendo em um verdadeiro caos, com sujeira e objetos por todos os lados.

Nesta situação alguém terá de realizar algum trabalho, para fornecer a energia necessária para que o quarto volte para o seu nível de organização anterior, pois, de outra forma, ele jamais voltará espontaneamente ao seu estado inicial de organização.

Este é um processo reversível, diferente do envelhecimento de uma pessoa, que é um processo irreversível, em que não há possibilidade de retorno ao estado inicial nem mesmo com a realização de trabalho externo.

A maior parte de nosso tempo é gasto inconscientemente buscando aquilo que nos dá prazer, agindo através de nossos pensamentos, emoções e, principalmente, da nossa capacidade cognitiva.

Este tempo de vida pode ser encarado como um campo escalar definido em todo o universo, e estaria em constante variação em um único sentido, sempre aumentando em diferentes taxas de acordo com a região do espaço em que se encontra e sua velocidade em relação ao referencial supremo.

Eles acreditam ainda que a vida tem como meta final a harmonização de todas as energias, e neste processo nossa alma teria um papel imprescindível, pois atuaria como um depósito destas energias, que iriam se acumulando no decorrer da vida.

Para eles, esta energia não seria gerada pelo mundo do átomo, mas seria de outro tipo, com características bem mais abstratas e que só poderia ser desenvolvida a partir da transformação da energia e em consequência direta de nossas ações.

No total dessa energia acumulada, nossas ações altruístas entrarão como soma, e nossas ações egoístas entrarão como subtração.

Eles creem também que todos nós, quando nascemos, recebemos um valor *default* desta energia, sempre definida pela média de energia de todos os seres viventes e, a partir deste momento, esta oscilação dependeria das ações do indivíduo no decorrer de sua vida.

Isto significa:
- Para nós, este nível de energia influenciaria diretamente na nossa transposição para outros níveis da vida, além de definir o nosso nível espiritual neste novo local.
- Para a vida, este nível atuaria diretamente no seu resultado final de evolução.
- Para eles, ela tem uma característica irrefutável de transformação e, desse modo, vai se imiscuindo em todas as interconexões da existência.

Todos nós somos um elo que participa desta evolução e estamos continuamente contribuindo neste processo de acúmulo e depuração da energia.

O grande propósito da vida é a conquista da onisciência e da onipotência, mudando desta forma a essência de todos nós, que hoje é única, relativa e temporal.

Mas para a nossa realidade o que realmente importa é a intensidade do momento.

A nossa vida vale não só pela sua duração, pois uma vida breve também tem o seu valor em si mesma, ficando definido na intensidade em que podemos viver cada momento que nos é concedido e que pode, de alguma forma, dar à nossa existência um novo colorido, um novo sabor e um novo sentido.

Ela é válida principalmente pela intensidade que lhe damos, pelos vários objetivos que nos animam e, dependendo de como agirmos, estaremos selando um futuro melhor para todos.

A nossa mente é uma combinação de sensação, percepção, ideia e consciência. Daí vem a importância de buscarmos neste tempo a sabedoria e a compreensão para praticarmos atos que proporcionem um caminho evolutivo para a vida, e não regressivo.

– Nossa! Interessante esta doutrina, Iohan, e conceitualmente muito complexa – comentei.

Aproveitando o momento e um pouco curioso, fui logo lhe perguntando sobre as suas crenças religiosas e se era praticante de alguma religião conhecida. Sem hesitar, Iohan, me respondeu negativamente, contudo disse que se identificava muito com a doutrina budista, mas não a praticava e retrucou me devolvendo a pergunta.

— Bem, Iohan, eu sou católico praticante, mas sempre respeitei todas as doutrinas, pois, para mim, todas elas nos levam a um mesmo objetivo, que seria o contato com um possível Ser superior.

Sinceramente, nunca me preocupei com estas hermenêuticas religiosas, acho que o que vale mesmo é a transformação que estes dogmas possam causar na vida das pessoas.

Disse para o Iohan que, após todo este exercício de ideias, acabei faminto e o convidei para irmos até a cozinha comer um lanche.

Realmente estava me divertindo muito e depois aproveitei para assistir um pouco de televisão na sala.

No outro dia, Snorri não acordou muito bem e eu fui andar a cavalo até um lago próximo, pois queria tirar algumas fotos neste local, voltando só depois do almoço, pois estava ansioso pelo jantar de confraternização, já pensando em algumas perguntas que gostaria de fazer para os amigos de Iohan, sobre temas gerais relacionados às nossas origens.

Pouco depois, fiquei sabendo que infelizmente não poderíamos ir, pois Snorri ficou bem febril e a Maryh não quis arriscar.

Por mim tudo bem, já que precisava adiantar a arrumação de minhas malas. Nessas horas precisamos pensar objetivamente. No meu caso, considerando a longa viagem de retorno que faria.

Durante a arrumação, percebi no fundo da gaveta da escrivaninha um álbum de fotografias que Maryh tinha me emprestado e, após olhar algumas de suas fotos, fiquei realmente interessadíssimo em conhecer um exótico rio de lava seca gigante e também um grande lago localizado em um parque nacional com farta vegetação, coisa rara nas paisagens da ilha.

Pelo que pude perceber, a flora, para além dos liquenes que formam a tundra, e de algumas bétulas dispersas, a zona mais rica e diversificada realmente encontrava-se nesta área.

Como estes locais não ficavam distantes da fazenda, resolvi então me programar, para conhecê-los já no outro dia.

Após uma excelente noite de sono, bem cedo, abri a janela e, apesar do forte frio que fazia, segui decidido rumo aos belos locais que havia escolhido, ainda com todos dormindo na fazenda.

Após uma hora de carro, cheguei ao grande lago, que tinha uma água naturalmente aquecida meio opaca e azulada.

Próximo à margem, pude perceber que alguns turistas se preparavam para um passeio de lancha e como ainda havia lugar vago, me convidaram para ir com eles. Claro que concordei.

A lancha nos levou até uma pequena ilha próxima, onde havia um requintado restaurante adaptado a partir de um antigo mosteiro, construído no final do século X.

Este casarão, apesar de estar bem restaurado, mostrava ainda as marcas de um tempo implacável.

Assim que desembarcamos, fomos recepcionados por algumas pessoas com trajes de monge e que foram logo nos servindo um tipo de aguardente em pequenos copos. Aceitamos logo já que realmente precisávamos nos aquecer um pouco, pois fazia muito frio, devido às fortes rajadas de vento oriundas do Ártico.

Na hora do almoço, dentro do restaurante, tivemos um tratamento cortês e escolhemos no cardápio salada, alguns petiscos de *puffin* e uma garrafa de vinho rosê originário do vale do Loire.

Após a refeição resolvi me separar do grupo e conhecer um pouco do casarão, aproveitando também para ver alguns quadros e trabalhos de épocas remotas da ilha. Todavia, em um canto da saleta, o que mais me chamou a atenção foi uma espada que estava encravada em uma pedra; logo abaixo tinha a seguinte palavra "Heindall".

Curioso, quis saber o que significava esta palavra. Fiquei sabendo que, segundo as lendas vikings, Heindall era o porteiro de Asgard e guardava a única forma de acesso ao reino dos deuses, o arco-íris.

Algum tempo depois, após o retorno da lancha, me despedi dos novos amigos e resolvi seguir para as trilhas de lava seca, caminhando um pouco por este local. Durante o percurso, pensava que gostaria de conhecer um pouco mais sobre este povo, os vikings.

Não conheço muito sobre eles, mas sei que eles não foram apenas piratas, mas importantes comerciantes, artistas e colonizadores.

O frio naquele local realmente estava muito intenso naquele dia e resolvi voltar para o carro após tirar algumas dezenas de fotos, seguindo logo depois para a fazenda.

No outro dia, lá estava eu animado tomando o café da manhã e conversando com o Snorri, que já estava bem restabelecido.

Nestes dias que fiquei na fazenda, pude perceber que ele era um garoto bastante responsável para a sua idade, pois passava grande parte dos seus dias ajudando o pai com as tarefas da fazenda, e parecia que gostava disso.

Nos finais de semana, Snorri fazia questão de espairecer, ficando por um longo tempo sentado às margens de um riacho que desembocava ali perto, pescando e conversando com seus amigos que sempre estavam por lá.

Uma vez, em uma manhã de domingo, a convite de Iohan, nós três fomos passear a cavalo, em meio à imensidão gelada daquela terra, onde a paisagem era tudo, menos comum.

Sinceramente, sofri um pouco no lombo do cavalo, pois não tinha a mesma habilidade de montaria de Iohan e Snorri, mas consegui me defender bem.

Em nossa aventura pela região, às vezes nos deparávamos com pequenas montanhas de cores irreais, acredito que causadas pelas atividades vulcânicas das proximidades, deixando inclusive os seus sopés debruados em um amarelo enxofre, quase sempre acompanhado de esparsas fumarolas.

Outras vezes, alcançávamos pontos mais íngremes; então parávamos, posicionando os cavalos em locais seguros. Descíamos por algum tempo para podermos conversar e ficar admirando aquele mar azul banhando o sandur, delta com areia negra, as suas imensas formações rochosas, vulcões e alguns rios que desciam dos glaciares, mas que infelizmente ainda não haviam conseguido trazer a vida para as suas margens.

A região em que estávamos era repleta de aves.

Muitas delas eram espécies vulgares, como as carriças e gaivotas, mas também existiam outros tipos que, de acordo com as informações de Snorri, fiquei sabendo que eram grandes colônias de moleiros, papagaios-do-mar e gansos.

Pude perceber claramente neste local a expressão de uma maravilhosa dualidade sibilante em imagens que jamais esquecerei.

Para mim, o encanto desta ilha era resultante de seu lado ainda selvagem, que se misturava a uma beleza efêmera, em uma terra onde o gelo e o fogo se digladiam em meio aos seus glaciares de azul arrepiante e cones escuros de vulcões.

Agora, eu estava sozinho à mesa da cozinha, e finalizava o meu café da manhã experimentando um delicioso pedaço de bolo de chocolate com recheio de chantilly, feito por Maryh.

Estava um tanto introspectivo quando escutei, ao longe, um barulho repetitivo de buzina. Já podia imaginar quem seria, aliás, não podia ser outra pessoa, pois esta era a marca registrada da chegada do Joseph, um jovem gerente de TI e cunhado de Iohan.

Ele, alguns anos atrás, resolveu se tornar adepto de uma doutrina originária dos monges que habitaram esta ilha no final do século IX e buscava, nas poucas vezes em que nos encontrávamos, me convencer a participar também das sessões semanais, que aconteciam sempre aos sábados e eram realizadas em um antigo mosteiro localizado próximo a um vilarejo, nas imediações da fazenda.

Neste local se reuniam dezenas de pessoas para participar de atividades relacionadas à meditação.

Durante suas investidas, sempre me dizia que estas práticas só tinham vantagens, pois estavam, sem dúvida, entre as técnicas mais eficientes quando buscamos o nosso equilíbrio interior, e se forem praticadas regularmente podem ser consideradas como uma arma realmente poderosa contra a nossa instabilidade emocional.

Na minha visão, apesar de ele ser um pouco estapafúrdio, já o considerava quase um especialista sobre assuntos relacionados à meditação, pois realmente demonstrava gostar e conhecer muito sobre esses métodos imersivos.

Dentro desta postura persuasiva ele me dizia: – Nestes meus tempos de aprimoramento, graças a Deus, comecei a considerar menos todas as minhas oscilações emocionais, que tanto me atormentaram.

— O que eu fiz para isso? — Perguntou-se, colocando a mão direita em seu coração. — Acho que foi só uma questão de posicionamento mesmo, maneira de perceber as coisas, pois passei a encará-las como um mero estado mental transitório em minha vida.

Depois disso, Joseph ficou durante alguns segundos cabisbaixo e, em seguida, enfatizou:

— Realmente acho complicado para todos nós esta busca pela paz interior e, sinceramente, às vezes precisamos mesmo de ajuda de profissionais para nos orientar nesta conquista — completou.

Joseph demonstrava uma personalidade bastante impulsiva e, nessa linha, subitamente resolveu me perguntar se eu tinha alguma ideia sobre as três coisas mais difíceis da vida.

Eu, um pouco surpreso com a sua pergunta, comentei que nem imaginava.

Ele, então, me disse sorrindo:

— Conquistar a paz de espírito, aproveitar bem o tempo e realmente encontrar a sua cara metade.

— Hum! Acho que concordo com você — respondi.

Depois de uma pequena pausa, Joseph continuou com suas ponderações.

— Sabe, desde o início, o que me motivou a participar das sessões no mosteiro foi o fato de elas apresentarem algumas inovações, que achei interessantes em relação à meditação tradicional, o que, sem nenhuma dúvida, é resultado direto das fortes influências que teve da ordem Cartuxa, uma das mais tradicionais e conhecidas no Ocidente. Hoje ela já está bastante difundida na ilha, sendo muito usada pelos que lá meditam, a fim de buscar a paz interior.

Na sequência, ele resolveu destacar também, baseado em experiência própria, a influência da ansiedade em seu equilíbrio emocional.

Este era o persuasivo Joseph, sempre com seus muitos argumentos.

Iohan, que estava próximo, concordou com as afirmativas do seu cunhado, dizendo-nos que realmente, em todos os seus estudos relacionados com a psique humana, considerando também alguns seminários dos quais participou, a ansiedade sempre foi apresentada como a base de todos os nossos males emocionais, e continuou...

— Ela não se restringe a nenhuma fase da vida em particular ou a nenhum grupo de pessoas, pois as suas características se incutem em todas as situações humanas, atuando diretamente no âmago de nossas emoções, causando um tipo de inquietação mental que parece não ter objetividade.

Neste momento, percebi que Iohan estava um tanto empolgado com o teor deste assunto e continuava externando suas experiências de forma até bastante eloquente, principalmente quando gesticulava, sendo que eu e Joseph apenas escutávamos atentamente.

Eu, particularmente, gosto muito destes assuntos que focalizam as emoções humanas e Joseph também demonstrou satisfação na forma como fluíam as informações vindas de Iohan.

Nesse momento, uma forte chuva começou a cair na fazenda, interrompendo nossa discussão e fazendo Iohan correr para cuidar dos diversos afazeres que tinha próximo dali.

Eu e Joseph seguimos para a varanda do casarão e continuamos conversando, pois ele ainda queria me explicar mais sobre as técnicas de meditação desenvolvidas na ilha. Mas devido aos fortes respingos do temporal que já começavam a atingir também o local onde estávamos na varanda, resolvemos continuar nossa conversa na sala.

Logo que entrei percebi que na mesinha do canto da sala havia uma pequena garrafa com um restinho de licor preparado por Iohan e aproveitei, sem delongas, para me servir deste resquício de licor, com sabor de menta. Após tomar um gole, quis deixar claro para Joseph que, apesar de achar a meditação uma técnica magnífica, tinha comigo a convicção de que jamais conseguiria atingir seu nível mais elevado, conhecido como o estado da "iluminação", mas, de qualquer forma, acho também que mesmo quando ela é praticada em um nível mais superficial pode, sim, nos favorecer ou contribuir em nossa busca pela estabilidade emocional.

— Sabe, Joseph, eu acho que nosso estilo de vida contemporâneo demonstra muita complexidade, quando buscamos o sentimento de felicidade, pois como ela é formada por vários planos, acabamos quase sempre esbarrando também em seus vários entraves, que só atrapalham a nossa boa sociabilização, independentemente do contexto. Por isso, procuro sempre estar com a minha mente aberta, buscando conhecer novas técnicas que me ajudem a conseguir o melhor equilíbrio possível, tornando minha vida mais produtiva e feliz.

Focando um pouco mais nas relações humanas, por exemplo, no trabalho, de acordo com a experiência que acumulei nestes anos, acho que, para um indivíduo construir uma carreira bem-sucedida, não basta apenas o seu *know-how* ou os equipamentos que tem, mas pesa muito para este sucesso a qualidade das pessoas que ele conhece, ou seja, este sucesso futuro, com certeza, não será simplesmente o produto de quanta perícia ele teve, mas principalmente o quanto conseguiu se harmonizar com aquelas pessoas que em um momento ou outro de sua vida profissional participaram, contribuindo ou retardando seu caminho. Se o indivíduo conseguir desenvolver bem esta habilidade no trato com as pessoas, no convívio, a possibilidade de ter flutuações emocionais diminui muito.

Em contrapartida, quando não se tem esta habilidade, seus problemas certamente se multiplicarão, levando-o à alienação e ao antagonismo social; a pressão será muito maior, prejudicando aquele equilíbrio mínimo, tão necessário para o seu desenvolvimento construtivo e de realização espiritual.

Em minha opinião, isso acontece porque o objetivo fundamental de nossa vida está essencialmente ligado ao conceito das relações humanas, e quanto mais se percebe esta essência mais clara se torna sua visão de prosperidade cósmica, resultando em uma vida social bem mais significativa e frutífera.

Após minhas ponderações, de súbito, decidi que iria conhecer este mosteiro tão falado por Joseph, pois acabei me sentindo em dívida com ele, dada a sua persistência para que eu o conhecesse. Assim, no sábado seguinte fui com ele, no intuito de participar das sessões de meditação.

Chegando lá, ele me apresentou para um velho monge praticamente cego e, curioso, lhe perguntei por que os primeiros monásticos do século IX haviam escolhido aquela ilha para viver.

E ele prontamente me respondeu, enfatizando que naquela época estes monges já buscavam viver o Evangelho da maneira mais perfeita possível. Por seu estilo de vida, foram batizados por alguns como "buscadores do caminho para a perfeição cristã". Um destes monges, chamado Gracian, era realmente um apaixonado por Cristo, estava sempre tomado de entusiasmo pela busca da perfeição cristã e, para atingir este ideal, renunciou ao mundo e às suas cobiças e embrenhou-se a desbravar outras terras, até que encontrou esta fantástica ilha, isolada em meio ao Atlântico, onde se estabeleceu, trazendo seus confrades eremitas, que compartilhavam os mesmos ideais que ele.

Certamente, somente o tempo foi testemunha e o melhor protagonista deste belo estilo de vida iniciado por aqueles monges, orientados por Gracian, no final do século IX.

Sem dúvida, no filme do tempo, deve estar capturado cada detalhe da vida cotidiana destes monges, como se fizessem parte de uma película dimensional, mostrando um exemplo de vida cotidiana; e certamente gravou também a expressão dos seus rostos, o rumor dos passos nos grandes corredores deste mosteiro, que fora construído por eles, com árduo e esmerado trabalho de equipe.

Neste local, hoje, as pessoas encontram a orientação adequada para cultivar um espírito mais forte, alegre e corajoso. Aqui entendemos que a humanidade precisa muito da meditação, sob pena de sucumbir pela técnica sem ética e pelo progresso sem Deus.

— Meu jovem, tenha sempre em mente que a liberdade é o espaço que a felicidade precisa.

Concordei, com um breve movimento de cabeça.

Resolvi, então, agradecer por suas informações e, apesar de ter gostado muito de todo o ambiente, não quis participar de nenhuma das sessões que aconteciam nas diversas salas do mosteiro, apenas caminhei pelos corredores, acompanhando as várias etapas deste processo de meditação que era seguida por tantas pessoas, sendo que cada uma delas durava horas, sempre sob a orientação dos monges.

Quando os via pontuando algumas mudanças desta técnica percebia a dinâmica e o sentido de suas vidas contemplativas. Acho que foram seduzidos por um mistério maior, que ainda não entendo muito bem.

Em um dos corredores do mosteiro, vi um pequeno quadro com a seguinte frase: "Isto é o silêncio: 'Deixar que o Senhor pronuncie em nós uma palavra igual a ele' ". Aproveitei e a anotei em meu Smartphone.

Hoje, escrevendo, tenho certeza de que jamais esquecerei a suscetibilidade penetrante que presenciei dentro daquele mosteiro, que apareceu no vigor da noite em sua "solidão sonora", no barulho da chuva, na madeira que queimava e estalava na estufa, nos detalhes das frutas na bandeja, no copo com água sobre a mesa, na bacia que balançava e na pá que removia a neve em uma de suas entradas.

No final do corredor, em uma das salas mais isoladas, podia escutar alguns monges que cantavam bem baixinho, um tipo de cântico muito parecido com o gregoriano.

Aprendi que os três motes que moviam a vida destes monges mais extremistas eram o silêncio, a solidão e a simplicidade, exceto pelos momentos de cânticos.

À minha direita havia uma entrada para uma pequena capela, dentro do mosteiro, e resolvi orar ali e elevar um pouco a minha alma.

Naquela noite, já no final da sessão, certamente também não me esquecerei do ritmo daqueles sinos e como eram belos aqueles toques. Mas o que mais me impressionou naquele local é que nada acontecia às pressas e esse ritmo, juntamente com o silêncio, parecia passar uma lição, pois naquele momento percebia claramente toda a intenção deste expressar, não apenas dos rumores do silêncio, mas principalmente pela técnica que usavam, procurando educar o olhar daquelas pessoas que ali estavam.

O propósito destes monges era melhorar a percepção destas pessoas para os pequenos sinais, os detalhes da vida, que quase sempre escapam daqueles que vivem sob o domínio da pressa e da busca pelo êxito.

Realmente, durante estas horas que fiquei no mosteiro pude perceber os inúmeros e ricos detalhes do trabalho destes monges, na cozinha, na cela, o ritmo de sua alimentação tranquila, o recolhimento para a oração, a cena em que o monge alimentava o gato, a alegria e gratuidade na descida sobre a neve. Sem esquecer, obviamente, das imagens da natureza daquela região tão esplêndida, como as árvores que dançavam sob o ritmo do vento e do lindo céu que abraçava todo aquele lugar, parecendo querer proteger toda a paisagem.

Tarde da noite voltamos para a fazenda e, no carro, eu pensava como tinha adorado fazer este passeio, pois ele havia superado todas as minhas expectativas.

Disse a Joseph que criar a serenidade na vida é muito importante, em especial para um morador de cidade grande como eu, pois a urbanização moderna, a expansão externa e a mecanização crescente aumentam a complexidade e diminuem a parcimônia de nossas vidas, e completei:

— Somente quando estamos calmos é que somos capazes de ver as coisas como elas realmente são. Acho mesmo que apenas quando estamos tranquilos é que conseguimos espelhar a verdade das coisas, demonstrando uma criatividade pura, que somente se expressa através de uma mente serena e harmoniosa. Na minha visão, embora o estado de serenidade faça parte da nossa vida, ela necessariamente precisa ser continuamente estruturada em nossa mente, pois se negligenciada pode nos tornar quase selvagens, fazendo-nos perder nossa essência boa e favorecendo o caos em nossas vidas.

Joseph, então, me disse que tinha acabado de ler um excelente livro, escrito por um Lama indiano, que oferecia muitas palavras de sabedoria, e que sem dúvida poderia me ajudar muito nessas minhas reflexões.

No livro, ele exemplifica bem esta questão da serenidade e pergunta:

— O que é a serenidade? Será o amanhecer de um dia glorioso, com a luz do sol atravessando as folhas, cujo silêncio às vezes é quebrado pelo som dos passarinhos, que acordam em meio ao perfume da relva molhada pelo orvalho?

— Será esta, realmente, a tão almejada serenidade? Retrucou ele.

Eu pensei um pouco e disse-lhe:

— Sinceramente, Joseph, às vezes fico cético sobre se a serenidade realmente existe em nossa alma, pois esta conquista é muito difícil.

Joseph então me disse:

— Este livro fala sobre isso também, e explica que, como a natureza não dá saltos, as mudanças de nossos hábitos mais arraigados também acontecerão muito lentamente. Tornar-se pacificado é um exercício de reeducação contínua. Deve-se começar a cultivar a paciência e o silêncio da mente em nosso cotidiano, até que este processo vai se instalando e se fortalecendo.

Todo homem pacificado não se deixa perturbar pelos detalhes do dia a dia, suavizando seus impactos sobre o seu ego, e com o passar do tempo a verdadeira paz se instala dentro dele, agindo como uma redoma que o protege do caos da vida moderna.

— Realmente, Joseph, acho que sempre precisamos nos proteger desta faina incessante da vida moderna, em sua busca pelo supérfluo, pelo prazer exorbitante, e que muitas vezes causa desequilíbrios em nossas emoções e nos atormenta tanto. Sabe, Joseph, eu penso que todos nós, de alguma forma, buscamos conquistar um espírito bem ordenado, mas a forma desta conquista dependerá da habilidade e do preparo de cada um nesta vida.

Pouco depois, chegamos à fazenda e, antes de me despedir, agradeci a Joseph, dizendo-lhe que este passeio tinha sido inesquecível para mim.

A família de Joseph mora em um vilarejo próximo da fazenda, não mais que 10 minutos de carro.

Os dias que seguiram foram todos muito interessantes. Eu realmente me sentia feliz por ter tido a oportunidade de conhecer este oásis da natureza, que se materializou nesta fazenda, e também conviver com esta família no decorrer das semanas. Certamente, eu tinha feito alguns amigos para o resto de minha vida e esperava que eles me visitassem logo no Brasil.

Agradeci a todos a excelente estadia que me proporcionaram naquele lugar, dizendo a Maryh e Iohan que eles eram privilegiados, por poderem usufruir daquele pedaço de paraíso, perdido em meio ao Atlântico.

Snorri me emocionou quando percebi seus olhos marejados. Sem dúvida, ele é um garoto especial.

As minhas malas já estavam no carro e segui meu caminho rumo à capital da ilha. Lá, pegaria um voo com destino a Londres, umas três horas de viagem, ficaria lá por dois dias, para visitar alguns amigos em Cambridge, e só então voltaria para o Brasil.

No caminho, passei por algumas enormes fendas vulcânicas, provocadas pelo afastamento das placas tectônicas entre a América do Norte e a Europa.

Pensava sobre a minha viagem, as pessoas que havia conhecido na fazenda, e sobre a grande aventura que é a nossa vida, em que quase sempre estamos esperando um milagre, algo de especial, e às vezes isso até acontece.

Pude perceber nesta viagem que todos nós vivemos em um banho de sensações, das quais apenas uma ínfima parte atrai a nossa atenção. Por isso buscamos em novos lugares, em novas pessoas, na religião, na arte, na ciência, o grande significado da vida.

Contudo, esta resposta não está fora, mas dentro de nós, e, por isso, jamais poderemos nos esquecer de ajudar a nossa aurora interior a nascer, caso contrário, estaremos condenados a viver uma existência sem brilho, que não significa sucesso ou dinheiro, mas simplesmente uma vida equilibrada e bem vivida.

Devemos ser sempre otimistas, vigilantes e termos em mente que, neste exato momento, estão nascendo e crescendo ricas e puras oportunidades, que a mais nobre essência da vida faz fluir em milhões de seres, em todas as partes do mundo, e que se expressam no fluir destas fantásticas captações vibrantes da vida, que se manifestam por meio do amor, da amizade e de tantos outros valores verdadeiros. Portanto, devemos minimizar a importância destes bombardeios emocionais que recebemos e procurar fazer da nossa vida um oásis de positivismo, procurando sempre nos manter alegres, deixando cada vez mais distantes as flutuações emocionais de nosso coração e de nossa vida.

O ato de ser feliz não é uma fatalidade do destino, mas uma conquista de quem sabe viajar para dentro do seu próprio ser e reconhecer que vale a pena viver a vida, apesar de todos os seus desafios, incompreensões e períodos de crise. É, sim, se imaginar atravessando desertos fora de si, mas sendo capaz de encontrar um oásis no recôndito da sua alma, agradecendo a cada manhã pelo milagre da vida.

Estava realmente feliz dentro do carro e neste momento já percorria o meu último trecho na ilha. Nenhuma árvore bloqueava a minha visão, talvez tivessem sido derrubadas pelos vikings para servir de lenha, quando colonizaram a ilha no século X; isto é só uma suposição.

O resto do percurso foi tranquilo, a estrada estava quase sem movimento e pude apreciar calmamente toda aquela pirotecnia natural, até que, após contornar uma montanha, avistei ao longe, no horizonte, uma mancha branca, era a capital.

Eu a escolhi porque ela sempre me causava um fascínio todo especial, quando a via pela internet, em imagens que mais pareciam uma magia que se desprendia do irreal de tão bela.

Esta ilha tem uma formação relativamente recente, contudo é palco de uma batalha interminável entre a civilização, que aos poucos se espalha pelo seu território, e as forças da natureza que teimam em não ceder, e, vez por outra, a reconquista do homem, do espaço ocupado com força de trabalho e determinação.

Esta hostilidade da natureza acabou por unir o povo em torno de um regime democrático, com perfeita harmonia social e política.

Uma das coisas que mais me impressionaram neste país foi, sem dúvida, a Aurora Boreal.

Um verdadeiro espetáculo de luzes que surgem no céu, causado pelas partículas eletricamente carregadas, que são emanadas do Sol e, ao chegarem à Terra, acabam sendo guiadas por seu campo magnético até os polos, originando este fenômeno luminoso, um verdadeiro espetáculo da natureza, cuja intensidade depende somente do nível da atividade solar, ou seja, quanto maior for a atividade solar, mais intensa serão as auroras. Elas podem surgir em forma de manchas, arcos luminosos, faixas ou véus. Umas têm movimentos suaves, outras pulsam, em uma maravilhosa dança de luzes.

Os invernos são gelados, são longos, e o verão acontece apenas poucos meses no ano, mas não vi ninguém insatisfeito na ilha. Seu povo vem sobrevivendo por mais de mil anos, buscando a harmonia com a natureza. E é esta convivência equilibrada e tranquila com o ambiente onde vivem que os torna um povo tão cordato e feliz.

Pelas suas características climáticas, veem-se muitos jipes a circular e alguns incomuns, por terem superpneus, o que lhes dá um ar gigante, mas estão preparados para as condições atmosféricas adversas como o gelo e a neve.

Sua capital, na melhor das hipóteses, não pode ser realmente considerada uma cidade de compromissos e só vejo uma explicação plausível para que todos os seus visitantes se apaixonem por ela, representada por uma beleza simples e sibilante de seus extremos.

Apesar de ser remota e com dias escuros no inverno e com noites ensolaradas no verão, sob qualquer ângulo ela é maravilhosa, exalando uma essência única de demonstração do verdadeiro encontro entre o homem e a natureza.

Seus habitantes trabalham muito, e assim esta cidade se torna agitada, internacional e cheia de eventos, em quase todas as temporadas.

Em poucos minutos, você cruza o seu centro, mas sinceramente não deveria. O ideal é sair com tranquilidade para passear e conhecer os seus arredores, suas ruas secundárias, seus bairros vizinhos, onde se encontram alguns dos seus principais pontos turísticos.

Jamais esquecerei aquelas suas casinhas coloridas, seus murais, alguns jardins rochosos e a simpatia de seus cafés, sempre bem cuidados.

Em algumas de suas ruas, caminhei vagarosamente, observando os detalhes de algumas de suas águas termais, aliás, em quase toda a cidade tem alguma pequena piscina, sendo que cada uma com suas características peculiares.

Existe uma mais famosa coberta com tetos abobadados, vestiários antiquados e, na varanda, uma piscina aquecida naturalmente.

Seus habitantes souberam se sair bem das dificuldades, já que tiveram de aprender a conquistar uma excelente qualidade de vida, basicamente presos dentro de um vulcão e isolados em meio ao Atlântico.

Ela pode ser fria e cara, mas para mim, viajar para esta ilha foi emocionante.

O mais curioso foi a sua escolha. A princípio, este destino não era o mais óbvio, pois estava em seu período de inverno, e nesta época seus dias são extremamente curtos. Entretanto, no momento que a escolhi, eu tinha fixo na minha mente que esta viagem era a realização de um sonho, já um tanto motivado pelos jornais da época, que estavam cheios de ofertas especiais e, sinceramente, como eu amo a neve, não pensei duas vezes.

Aliás, até na minha despedida fui brindado com a sua aparição, quando tive a oportunidade de ver, antes de meu embarque, algumas imagens maravilhosas, de uma espetacular tempestade de neve que aconteceu subitamente à meia noite e que certamente havia acabado de atravessar os campos de lava até chegar onde estava, me causando a impressão de que estava se despedindo de mim.

Apesar disso, eu estava muito tranquilo dentro do avião e ainda um tanto extasiado com todas as minhas aventuras na ilha.

Durante a decolagem, ainda tive a visão de uma linda e pequena aldeia a sudoeste, que havia conhecido, com aquela praia negra rodeada por rochedos incríveis. Conta a lenda na região que as três rochas no topo eram, na verdade, três elfos que se transformavam aos primeiros raios do sol no começo do dia, quando puxavam um barco para a terra.

Já ao longe, via ainda o local mais incrível e que está no topo das coisas mais bonitas que vi durante a minha viagem nesta terra cheia de contrastes. Seria algo parecido com um grupo de *icebergs* em processo de separação de outro gigante e que seguiam mar adentro, para se juntar a outros já perdidos em meio às belezas do Atlântico. Ao fundo também apreciava o seu famoso sol da meia-noite, em um tom levemente avermelhado.

Esta ilha é uma maravilha topográfica, quase toda escarpada, resultado das erupções vulcânicas, ocorridas por volta de vinte e cinco milhões de anos atrás, e pode ser considerada a verdadeira terra do fogo e do gelo.

Foi junto à lagoa azul, um dos seus principais pontos turísticos, que tive a impressão de estar em outra dimensão, pela estranheza da paisagem.

Sobre a distribuição de seus habitantes, é na sua capital que se concentra mais da metade da população.

Seu povo me pareceu reservado, em sua maioria, tímido até, mas muito bem educado e com uma consciência ecológica muito forte e já plenamente arraigada em sua educação. Demonstram grande preocupação com a manutenção do precário equilíbrio da natureza da ilha. De uma forma mais objetiva, este país aproveita os seus recursos, sem os destruir.

Desta minha viagem, levo comigo o espaço, o som do vento e do silêncio de uma paisagem quase intocada e principalmente a vontade de conhecer mais.

Eu a achei realmente um pedaço do paraíso na Terra e, para aqueles que têm um pouco de sensibilidade, sempre será única no mundo.

Ela é um exemplo de permanência e certamente merece que as obras dos homens e os desacertos da natureza não impeçam que ela continue bela para sempre.

Após três horas de voo, cheguei ao aeroporto de Heathrow, em Londres, quando percebi um jovem no saguão com uma placa escrita Mr. Dias. Ele era o motorista que havia contratado para me levar de Londres para Cambridge. Fui naquele carro típico inglês, preto e antigo. Conversando comigo, me perguntou se estava a negócios, que claro, neguei prontamente, dizendo-lhe que estava indo visitar alguns amigos, que tinham sido minha *host family* durante os meses que fiquei na Inglaterra estudando inglês. Apesar do pouco tempo que convivemos, acabei me afeiçoando muito a eles, juntamente com o restante da família. Estava sentindo muita saudade e não poderia perder esta oportunidade de revê-los, pois teria que passar impreterivelmente por Londres, para voltar ao Brasil, pois era a rota mais econômica, de onde vinha.

Chegando lá, Mr. Winston estava na frente da casa cuidando do jardim. Ele era um senhor saudável de 78 anos. Abriu um largo sorriso ao me reconhecer, um tanto surpreso após tantos anos, me deu um forte abraço e foi logo chamando a sua esposa, que apareceu na porta um tanto surpresa e sorridente. Esta senhora demonstrava ser uma típica inglesa de 82 anos, sempre muito bem cuidada e sempre vestida de forma elegante. Enfim, uma velhinha das mais simpáticas. Após aqueles famosos três beijinhos me mandou entrar, quando pude perceber dois rapazes sentados na sala às voltas com muitos livros e com a televisão ligada.

Após uma rápida conversa com eles, fiquei sabendo que eram estudantes como eu, um francês e o outro israelense. Depois, sentando no sofá ao lado deles, ficamos conversando e disse-lhes que também tinha ficado alguns meses com a família Winston, mas que isso havia sido há quase cinco anos e que tinha adorado; a família, a cidade e principalmente estudar no King's College.

Depois, quis saber se estavam gostando da estada e do curso. O francês não falava bem o inglês e disse-me simplesmente que sim, mas o israelense, com seu inglês bem mais avançado, disse-me que estava gostando e achava legal, principalmente na hora do lanche na cantina do colégio, quando se reuniam na mesa estudantes de várias partes do mundo. Neste momento, acenei com a cabeça em sinal de concordância e comentei que, sem dúvida, esta foi para mim também uma das melhores partes, além claro, dos momentos em que passava na imensa biblioteca do colégio, onde acabava conhecendo muita gente bonita e interessante.

Nisso os meus amigos e ex-anfitriões voltaram da cozinha com uma bandeja cheia de panquecas, que sabiam que eu adorava e ficamos conversando ali mesmo, relembrando dos nossos tempos e revendo algumas fotos.

Eles já estavam acostumados a receber estudantes do mundo todo e procuravam não se apegar muito, pois sabiam que iriam sofrer com a despedida, mas eu, pelo contrário, sentia muita saudade deles, de seus netos e de sua filha, pelas nossas brincadeiras, passeios naqueles grandes parques e também da diversão em alguns dos *night clubs* de Cambridge.

A minha intenção era ficar com eles, mas como a casa estava lotada conversamos um pouco e fui para um hotel. Depois visitei a sua filha, foi quando pude rever Brian, bem mais crescidinho. Quando o conheci, ele tinha sete anos.

Resolvemos sair para tirar algumas fotos e foi bem legal, contudo tinha muito pouco tempo e decidi me divertir um pouco sozinho mesmo, fazendo o meu passeio de gôndola, voltando ao King's College. Também quis ir a Oxford fazer um passeio rápido, tinha esta dívida comigo, pois na época não tinha sido possível.

Voltei então para Cambridge já bem de noite, e logo pela manhã, voltei para a casa dos Winston a fim de conversamos mais um pouco e me despedir.

Almocei com eles, seus hóspedes estudantes e Brian. Contei-lhe os detalhes sobre o local onde tinha ido e da viagem maravilhosa que havia feito, além de ter conhecido uma família muito feliz, que morava em uma fazenda e que me recebeu de forma tão cordata em sua casa. Mostrei-lhes também algumas das fotos pela telinha da câmera. Eles adoraram, principalmente a foto que tirei da piscina que se formou dentro da cratera de um vulcão. Mr. Winston disse-me que, apesar de este país ficar bem próximo da Inglaterra, agora já era tarde para eles conhecerem, pois a saúde já não ajudava muito e que agora tinha que cuidar da sua pressão, da tiroide e da artrite.

Depois olhou para mim, com aqueles seus olhos azuis, e sorrindo comentou que antes a sua prioridade era o amor, o dinheiro e a saúde, mas agora havia mudado para saúde, dinheiro e amor.

Nisso eu concordei, sorrindo e dizendo-lhe que este é o ciclo da vida. Todos passaremos por isso, entretanto achava que a aparência dele estava ótima, aliás, a de ambos, na verdade. Certamente ainda viveriam muitos anos, mas que deveriam pensar agora em relaxar e deixar de ficar recebendo jovens do mundo todo, pois já estava na hora de descansar um pouco mais e curtir o que a vida tem de bom.

Neste momento a sua esposa me respondeu que tinha aprendido, a duras penas, que o que vale realmente na vida são os encontros e que todo o resto nada significava. Então, sorrindo-lhe, completei a sua frase: Os encontros e também os desencontros mrs. Winston, não é mesmo? Afinal eles também acabam tendo a sua importância em nosso amadurecimento e aprendizado. Tivemos uma conversa muito agradável com todos participando, inclusive Brian, que agora já estava com 12 anos, e também já tinha algumas opiniões formadas.

Na época que o conheci, ele não parava quieto dentro do sobrado e sempre estava correndo, sorrindo e nos divertindo com as suas peripécias. Agora se tornou um garoto aparentemente bem-comportado.

Após o almoço, me despedi destes meus eternos amigos e fui para o hotel, pois precisava me preparar, já que o meu voo para o Brasil sairia naquela madrugada e ainda precisava voltar para Londres.

A volta foi de ônibus, mas ainda tive tempo de tirar algumas fotos em frente à Tower Bridge e na famosa catedral de Westminster.

No saguão do aeroporto, já na ala internacional, resolvi visitar o *free shop*, quando vi um Rolex lindíssimo. Mas quando soube o preço percebi que não poderia ser meu e ficou só no sonho mesmo.

Depois fui até um pequeno restaurante ao lado da joalheria, onde pedi a minha bebida preferida. Um *bloody mary*, que é basicamente uma apimentada combinação de vodca, suco de tomate, molho inglês, tabasco e suco de limão. Após um gole, fiquei observando por alguns instantes os outros passageiros, imaginando quais seriam os seus sonhos e seus ideais.

Dizem que o olhar das pessoas transparece toda a sua experiência de vida e personalidade. Será? Com relação a isto, pelos menos uma certeza eu tenho, que ele expressa muito bem a nossa estrutura psicológica e por isso, umas das formas que gosto de observar o mundo é através do olhar das pessoas. Estas imagens me dizem muito.

Neste meu breve momento de observação dentro do restaurante, via uma sucessão de olhares cheios de informações, de pessoas diferentes, com experiências bem distintas e que certamente tinham muito para contar, mas que jamais saberei.

Após isso, agradeci por alguns instantes a Deus pela proteção e pela excelente viagem que havia feito, pois tudo transcorreu de forma surpreendente e maravilhosa. Depois caminhei rumo ao portão de embarque.

Já dentro do avião, me acomodei em uma das últimas fileiras. Sentia-me muito feliz, mas também um pouco ansioso, pois queria rever logo a minha família e meus amigos.

Afinal, estas pessoas são as que realmente compartilham dos meus segredos, das minhas emoções e são as que posso contar sempre que precisar; por isso sentia muitas saudades.

Resolvi, durante o voo, folhear uma revista, que provavelmente havia sido esquecida por algum passageiro apressado, e lendo um texto de Charles Chaplin. Fiquei bastante impressionado pela sua riqueza de conteúdo; por isso fiz questão de deixá-la registrada no final deste livro.

Algumas horas depois, da janela do avião, já avistava ao longe a cidade de São Paulo. Neste momento, já me sentia praticamente em casa.

Para quem não a conhece, não sabe o que está perdendo. Ela é uma terra louca, maravilhosa, cheia de gente, bares, olhares, carros, dinheiro, pobreza, lutas, projetos. Conhecida como a cidade que nunca dorme e uma das maiores e mais diversificadas capitais gastronômicas do mundo.

Minutos depois, após a aterrissagem, fui logo para o saguão do aeroporto, onde solicitei um táxi e segui direto para Santos.

Fomos pela rodovia Imigrantes, considerada por alguns a melhor do Brasil.

Alguns minutos depois, já na descida da serra, avistei ao longe minha cidade. Neste momento, a emoção se apossou de mim, me enchendo de alegria, pois viver a vida sem ninguém especial é de fato muito chato, mas vivê-la com algum objetivo é algo extremamente bom, pois é o que dá sentido às nossas vidas, tal como o amor, a amizade e a crença em Deus, representando os verdadeiros valores que suportam a nossa existência.

Enfim, acho que todos deveríamos seguir o exemplo daquele sábio, que tem o Sol e a Lua ao seu lado e traz o universo debaixo do braço. Ele diz que todos nós nascemos para iluminar este mundo e que, neste palco da vida, atuamos conforme o enredo criado por nós mesmos.

Pouco depois, chegando em minha casa, reencontrei minha família e meus amigos que estavam me esperando. É muito bom se sentir amado. Depois saímos todos juntos rumo a uma requintada churrascaria, onde tivemos um almoço bem animado.

O ser humano é uma obra maravilhosa e realizadora em sua essência. Ele constrói o próprio futuro a partir das decisões do seu presente e as decisões de hoje são feitas a partir do seu aprendizado no passado.

Devemos sempre ter em mente que todo dia é dia de ser feliz.

Parece tão óbvio, fácil, tangível e possível, mas a realidade, muitas vezes, nos mostra que precisamos conquistar essa felicidade diária e o sucesso dessa conquista depende diretamente do nosso querer.

Embora estejamos todos no mesmo espaço do universo, a vida de cada um varia conforme sua maneira de ver, de ouvir e de sentir o mundo.

Ele pertence a quem se atreve, pois o bom mesmo é ir à luta com determinação, abraçar a vida e viver com paixão, perder com classe e vencer com ousadia.

U MA VIAGEM RUMO AO DESCONHECIDO...

Jipe com tração nas quatro rodas.

*Uma boa viagem é viajar sem rumo, sem intenção,
só para viver a aventura e recordar os bons momentos.*
Wladimir Moreira Dias

Perimetral.

Experimente!!!

*Esqueça seus compromissos, abra seu coração para o mundo
e mergulhe de cabeça na aventura de viver, pois você merece.*
WLADIMIR MOREIRA DIAS

Pássaros típicos.

*Estão perdendo a viagem de viver todos aqueles
que não sabem de onde vieram e nem tentam descobrir.*
WLADIMIR MOREIRA DIAS

Visão de alguns alpinistas.

Cada novo livro é sempre uma nova viagem e um novo sopro de emoções.
WLADIMIR MOREIRA DIAS

Os famosos gêiseres.

*A vida pulsa intensamente e nós estamos aqui
para descobrir os seus mistérios.*
WLADIMIR MOREIRA DIAS

Paisagem próxima à fazenda.

A busca por um novo horizonte é o que nos motiva a seguir...
WLADIMIR MOREIRA DIAS

Visão estupenda do lago sereno.

O grande conceito da natureza é o espetáculo.
Wladimir Moreira Dias

Australianos acampados.

*O que mais relevo em minhas viagens
são os encontros que elas me proporcionam.*
WLADIMIR MOREIRA DIAS

A mais meridional das praias do Ártico.

*Viajar nos ajuda a definir as nossas referências
e abre as nossas mentes para o novo.*
WLADIMIR MOREIRA DIAS

Linda imagem. Muito inspiradora.

Procure ver a vida sempre com novos olhos,
pois ela é linda em todos os seus ângulos...

Wladimir Moreira Dias

Estes cavalos só existem nesta ilha.

Quando viajo, o que mais me importa é sentir o fluxo da vida.
Wladimir Moreira Dias

Uma terra onde o fogo e o gelo se digladiam.

Eu viajo apenas para ir e sentir as suas emoções.
WLADIMIR MOREIRA DIAS

Ovelhas da fazenda.

Viajar é descobrir a arte da vida.
   WLADIMIR MOREIRA DIAS

Seguindo rumo à capital.

Viajo para encontrar o belo, mas acho que todas as viagens são lindas.
WLADIMIR MOREIRA DIAS

Povoado próximo da fazenda.

*Viajo porque tudo de novo que encontro
demonstra mais uma expressão de vida.*
WLADIMIR MOREIRA DIAS

Cavalos da fazenda.

Um viajante deve enxergar com o coração para aprender.
WLADIMIR MOREIRA DIAS

Mosteiro.

A vida é uma grande viagem rumo ao desconhecido.
WLADIMIR MOREIRA DIAS

Lindo contraste.

O grande tempero de uma viagem está na dualidade que ela nos oferece.
WLADIMIR MOREIRA DIAS

Quase um pontinho branco no horizonte.

Avalie sempre a sua viagem não pelo lugar, mas pelo caminho.
WLADIMIR MOREIRA DIAS

O crepúsculo se transformando em alvorada. Lindo!

*Uma viagem é como um casamento,
sempre cheia de encontros e desencontros.*
Wladimir Moreira Dias

Na lancha junto com alguns turistas.

Toda viagem tem seus segredos.
WLADIMIR MOREIRA DIAS

Pesqueiro.

Quando se viaja, deve-se libertar de todos os maus fluidos e deixar a sua mente livre para curtir os bons momentos.
WLADIMIR MOREIRA DIAS

Capital da ilha.

Um viajante não dever ser ninguém além dele mesmo.
WLADIMIR MOREIRA DIAS

Reflexo de luzes.

Viajar pela vida é a nossa missão.
WLADIMIR MOREIRA DIAS

Uma das ruas da capital.

Durante a sua viagem, tenha sempre um propósito honesto.
WLADIMIR MOREIRA DIAS

Requintado restaurante da capital da ilha.

*Um viajante verdadeiro nunca deve se esquecer
que somos seres espirituais com um corpo físico.*
WLADIMIR MOREIRA DIAS

No restaurante.

*Uma viagem interessante amplia a sua consciência
e o torna uma pessoa melhor.*
WLADIMIR MOREIRA DIAS

Skir. Uma comida típica.

*Não tenha medo de enfrentar uma trilha difícil,
pois com certeza aprenderá muito nesta caminhada.*

WLADIMIR MOREIRA DIAS

Este carro enfrenta bem a neve.

Como este carro, esteja preparado para ser um aventureiro, enfrentando as dificuldades e testando os seus limites.
WLADIMIR MOREIRA DIAS

Sítio arqueológico.

Viajar é enfrentar o desconhecido e correr riscos.
WLADIMIR MOREIRA DIAS

Muita coragem e muito frio.

O limite do seu horizonte é você que faz.
WLADIMIR MOREIRA DIAS

Iceberg se desprendendo.

Fomos criados para nos movimentar e sentir os impulsos.
WLADIMIR MOREIRA DIAS

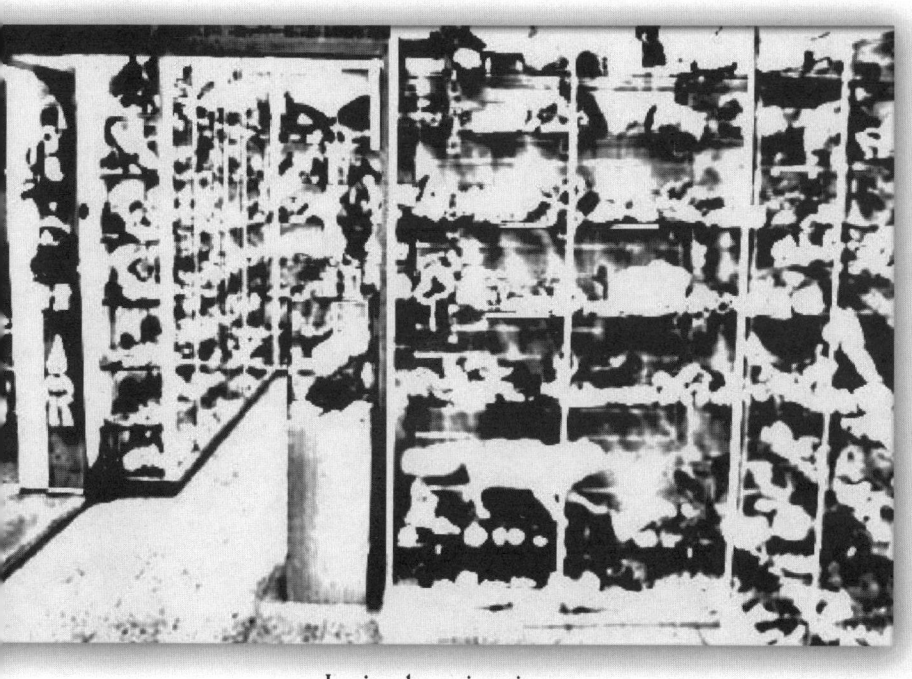

Loja de cristais.

Um viajante precisar ousar.
WLADIMIR MOREIRA DIAS

Linda turista norueguesa de 20 anos na cachoeira.

*Uma boa viagem é definida pela intensidade
dos seus encontros e não pelo seu tempo.*
WLADIMIR MOREIRA DIAS

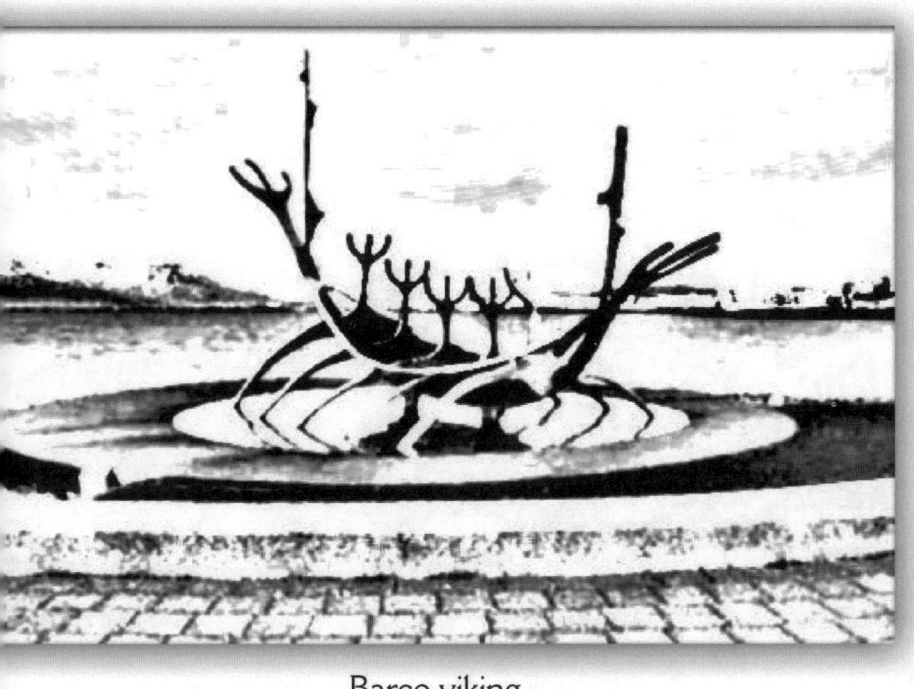

Barco viking.

*Um viajante deve sempre pensar
que o simples fato de existir já é divertido...*
WLADIMIR MOREIRA DIAS

Estacionamento do hotel.

Eu viajo porque gosto das pessoas.
WLADIMIR MOREIRA DIAS

Aurora boreal.

*A vida é um turbilhão de emoções
e a nossa existência é um milagre esplêndido.*
WLADIMIR MOREIRA DIAS

Maryh, Eu, Iohan, *classmate* e Snorri.

*A vida é uma obra de arte e viver intensamente
é algo que todos deveriam experimentar
pelo menos uma vez na vida.*
WLADIMIR MOREIRA DIAS

Londres

*Uma grande aventura seria me sentir velejando
em uma terra ainda inexplorada.*
WLADIMIR MOREIRA DIAS

Gosto desta foto.

*Em minhas viagens, o caminho é o que me importa.
Não me preocupo com o seu fim.*
WLADIMIR MOREIRA DIAS

De volta ao Brasil.

As viagens abrem um novo céu para o espírito humano.
WLADIMIR MOREIRA DIAS

No Porto.

Durante uma viagem nos tornamos mais receptivos às amizades.
WLADIMIR MOREIRA DIAS

Emissário de Santos.

*Lembrem-se de mim como alguém
que sempre ouviu o barulho da chuva,
mas que nunca deixou de acreditar
na força do nascer do sol e nos segredos das estrelas.*
WLADIMIR MOREIRA DIAS

Um brinde à renovação!

A natureza nos deu um presente muito especial e que nos ajuda nesta nossa caminhada pela vida, que é capacidade do esquecimento...

Esta fantástica habilidade nos ajuda a esquecer grande parte de tudo que já passou de ruim em nossas vidas...

As nossas lágrimas...
As nossas dores...
O que fomos...
O que quisemos ser...

Isso acontece porque a vida é a própria arte da renovação e se encarrega de nos dar outras lembranças, outras coisas para pensar e nos preocupar...
Wladimir Moreira Dias

Locais de que mais gostei na ilha:

✻ Um Vilarejo que fica ao norte, onde tive a oportunidade de ver baleias, museus e uma paisagem maravilhosamente exuberante;

✻ Sua linda aurora boreal com as suas diversas formas;

※ Uma incrível praia de icebergs perdidos em meio ao mar;

※ A sua imponente cascata próxima à capital, e que flui uma forte energia, que impressiona;

※ Um raro gêiser natural, onde suas águas sobem até doze metros de altura;

※ Seu lado ocidental, onde fica a sua maior concentração de pássaros, com uma maravilhosa praia branca, sempre cheia de focas;

※ Seu parque nacional com muita vegetação e, por isso, excelente para longas caminhadas;

※ Suas esculturas gigantes, com as quais pude compreender melhor a saga deste povo;

※ Uma região que fica a sudoeste da ilha, onde se tem uma praia rodeada por grandes rochedos negros;

※ Um fantástico lago gigante com paisagem vulcânica, rodeado de montanhas castanhas e que fica próximo a uma igreja construída sobre as lavas secas;

※ Sua pequena aldeia de pescadores, que fica rodeada por montanhas, cascatas e muitas quintas de cavalos;

※ Um local para ficar literalmente horas de molho, só curtindo a calma do lugar e passando um tipo de sílica branca pelo corpo;

※ Um vale exótico, de paisagem lunar, com suas diversas crateras cheias de água, formando verdadeiras piscinas dentro dos vulcões.

Homenagem

À minha mãe, que é uma estrela viva.
Wladimir Moreira Dias

Uma lição de vida...

As sandálias do mestre ressoavam surdamente nos degraus de pedra que levavam aos porões de um antigo mosteiro, construído no século X. Tinha um rosto velado por um capuz e descia vagarosamente com a ajuda de uma bengala em direção aos seus aposentos.

No final desta escada, encontrava-se um longo corredor subterrâneo, que tinha dezenas de portas e após alguns passos, parou em frente a uma pesada porta de madeira entreaberta, dirigindo-se sem delongas, até a uma pequena escrivaninha, onde se sentou e começou a fazer algumas anotações em um grande livro, quase tão velho quanto ele.

A vida é um turbilhão de emoções e a nossa existência é um milagre esplêndido.

Nesta nossa breve passagem por aqui, nunca poderemos fugir da provação, pois a dor sempre estará burilando os nossos corações, enquanto vivermos.

Quem não conhece aquela famosa frase de Cristo "Faça a sua parte e eu farei a minha".

Esta distinção não é fácil, mas é sempre uma oportunidade para aprendermos e também repensarmos nossas atitudes, pois apenas queixar-se da vida, é fugir à responsabilidade que ela nos impõe.

Somos os seres inteligentes neste planeta e devemos nos livrar de tudo que impeça a nossa evolução. Afinal aceitar a vida é não se queixar, mas sim, estar dentro dela participando e entendendo este seu contínuo processo de transformação, pois é o único caminho possível até a luz do conhecimento..

Esta ação e reação acontecem em tudo que existe, do átomo ao universo a todo momento, representando um movimento natural da vida.

Se por qualquer motivo, tentamos ignorar estas suas mudanças, alterando coisas, mesmo antes delas realmente estarem prontas para isto, certamente esta batalha já estará perdida, já que enfrentar sem preparo este sistema em que vivemos, implicará em derrota certa.

O velho monge estava sozinho em seu quarto e continuava escrevendo com suas mãos trêmulas...

Precisamos entender que a vida segue o seu curso e para ela, nós somos apenas mais um elemento da natureza, e por isso, temos de nos cuidar, utilizando-se da nossa principal arma., ou seja, a nossa capacidade cognitiva e por meio dela, precisamos fazer a diferença para que as coisas aconteçam de forma a favorecer as nossas vidas.

Devemos sempre nos livrar do pó do preconceito e enxergar as coisas com mais nitidez, para então, evoluir.

Existem duas energias primárias que são a base desta nossa vida temporal: a mudança e a manutenção. Ambas são igualmente importantes, sendo que a mudança nos transmite um resultado de transformação e evolução, já à manutenção, nos transmite ritmo e eternidade.

Quando se busca a aceitação das coisas como elas são, não significa que temos de aceitar cegamente algum tipo de destino, nem devemos nos tornar vítimas das circunstâncias, pois isto seria acomodação. E aceitar, não significa acomodar-se, pelo contrário, quando reconhecemos o valor da verdadeira aceitação interior, esta atitude nos liberta e nos fortalece, de forma a mudar ou não uma determinada situação, de acordo com o que é melhor para nós.

Tudo muda o tempo todo e esta é a única grande verdade fundamental da vida. Se estivéssemos prontos para aceitar este fato, certamente sofreríamos muito menos diante dos acontecimentos, pois como tudo muda continuamente, podemos perceber que estas coisas sejam elas o que forem ou como estão agindo, também passarão.

Para aqueles que aprenderam a arte da aceitação, sabem que neste jogo de cartas chamado vida, não existe lugar para a acomodação, pois se precisa jogar a mão que recebeu da melhor forma possível e nada pode impedir que a luz do conhecimento nos atinja.

No decorrer da nossa história, os homens extraordinários que apareceram, dependeram muito da época em que viveram para se destacar, pois todas as coisas tem o seu tempo e neste caso não foi diferente. Não adianta lutar simplesmente, pois isto não basta.

Quando buscamos aceitar as coisas da vida como elas são, fica muito mais fácil analisarmos qual é a sua real finalidade naquele momento e por que são do jeito que são. Esta atitude nos ajuda a escolher melhor o nosso rumo, pois temos mais clareza e, portanto também um melhor entendimento da situação criada.

Dentro deste contexto, teremos então melhores condições para definirmos, se deixaremos as coisas acontecerem de forma natural ou se lutaremos contra elas.

Como em todas as regras, sempre existe uma exceção, a arte de viver também tem a sua. Existe um fator que sempre deve ser considerado e que alguns chamam de sorte, ou seja, estar no lugar certo, na hora certa com a pessoa certa, faz muita diferença em qualquer possível sucesso na vida. Entretanto, esta boa sorte também tem a sua regra, pois como nem tudo é por acaso, para o sábio, o esforço pode ajudar muito.

Quando somos favorecidos por estes momentos que acontecem poucas vezes no decorrer de nossas vidas; o diferencial de algumas mentes, que irradiam luz como os olhos do lince e raciocinam com maestria na maior escuridão, pode fazer toda a diferença. nesta sua vitória. Pois, estará utilizando habilidades importantes e que certamente será mais um auxílio nesta sua busca pela tão almejada realização pessoal.

Agora, aquelas outras pessoas que reagem de acordo com a ocasião, representando a maioria esmagadora da população, acabam se prejudicando e muitas vezes comprometendo, definitivamente o seu futuro e a sua felicidade.

A história da vida nos ensina, que nem todos tiveram a época que mereciam e muitos que tiveram, não conseguiram desfrutá-la.

Alguns outros foram até dignos de dias melhores, mas como o sucesso não triunfa sempre, foram sucumbidos em meio às artimanhas de uma sociedade que nos julga mais pelos nossos defeitos do que pelas nossas virtudes. A vida humana é uma luta constante contra a malícia do próprio homem e muitas vezes a sagacidade luta com estratagemas da má intenção e dissimulação. Por isto se torna importante se desenvolver a inteligência perspicaz, para sempre se proteger com cautela, de qualquer possível jogo duplo. A vida é uma escola e para aqueles que sabem aproveitar os seus ensinamentos, aprende logo a avaliar melhor a real intenção das pessoas que os cercam. Há muito o que conhecer, mas a vida é muito curta e se não se sabe, não se vive bem. É, portanto uma habilidade especial aprender muito de muitos e aqueles que não puderem ter a sabedoria como serva devem tê-la ao menos como companheira, pois o esforço e a capacidade devem caminhar juntos. No dinamismo desta nossa vida, é preciso identificar rapidamente a nossa principal qualidade e dobrar o seu uso, pois uns dominam o discernimento e outros a coragem.

O velho monge, com seu rosto enrugado, ainda encoberto pelo largo capuz, continuava escrevendo, apesar do avançado da hora.

Sobre esta nossa capacidade de discernimento, precisamos entender melhor as nossas origens, para sermos mais equilibrados.

Apesar de religioso, não desprezo a Ciência e sei que ela acredita que os tijolos básicos que formam o nosso universo estão baseados em uma única partícula, denominada como *"a partícula de Deus"* e que está imiscuída dentro do âmago mais profundo do próton, um dos componentes do átomo, podendo ser considerada como a base de tudo que existe.

Ela acredita que por meio desta sua manifestação, foi possível se criar a matéria e o movimento, a substância e a força, possibilitando também a interação de um terceiro elemento, representado pela inteligência. Contudo, para esta sua existência, foi preciso antes definir todas as condições para o desenvolvimento da vida, sendo que a primeira coisa pensada para o início disto tudo, foi indubitavelmente a criação da luz.

Por isto, podemos entender que Deus por sua própria natureza, é a própria luz e toda a sua ação se resume apenas em um ato, a manifestação da luz da verdade. Para entendermos um pouco melhor Deus, precisamos antes realmente ser livres, pois somente desta forma, poderemos desenvolver o nosso espírito criador e encontrar aquele local sagrado dentro de nós, onde se encontra a divina centelha da vida eterna e que pulsa a nossa espera, mas esta não é uma tarefa das mais fáceis e poucos conseguirão.

Agora quando entramos no âmbito da coragem, que é uma situação mais humana, precisamos também, aprender a ser práticos, desenvolver logo as nossas habilidades de adaptação ao meio onde vivemos, mas sempre tendo em mente, nunca perder a compostura e nem o respeito por si mesmo.

Os primeiros raios de Sol agora começavam a banhar os seus aposentos, expressando uma claridade a que o velho mestre se desacostumara enquanto escrevia no seu grande e velho livro.

Então o fechou, e foi se afastando, deixando escapar um tênue sorriso.

✳✳✳

Durante a minha viagem para Londres, encontrei o texto a seguir em uma revista que li no avião e que provavelmente foi esquecida por algum passageiro apressado. Este texto tem autoria de um gênio, e que seguramente foi um exemplo para todos, pois soube aproveitar extremamente bem as oportunidades do seu tempo e fazer a diferença.

✳✳✳

Quando me amei de verdade, compreendi que em qualquer circunstância eu estava no lugar certo, na hora certa, no momento exato e então pude relaxar.

Hoje sei que isso tem nome...

AUTOESTIMA.

Quando me amei de verdade, pude perceber que minha angústia, meu sofrimento emocional, não passa de um sinal de que estou indo contra minhas verdades.

Hoje sei que isso é...

AUTENTICIDADE.

Quando me amei de verdade, parei de desejar que a minha vida fosse diferente e comecei a ver que tudo o que acontece contribui para o meu crescimento.

Hoje chamo isso de...

AMADURECIMENTO.

Quando me amei de verdade, comecei a perceber como é ofensivo tentar forçar alguma situação ou alguém apenas para realizar aquilo que desejo, mesmo sabendo que não é o momento ou a pessoa não está preparada, inclusive eu mesmo.

Hoje sei que o nome disso é...

RESPEITO.

Quando me amei de verdade, comecei a me livrar de tudo que não fosse saudável. Pessoas, tarefas, tudo e qualquer coisa que me pusesse pra baixo. De início minha razão chamou essa atitude de egoísmo.

Hoje sei que se chama...

AMOR-PRÓPRIO.

Quando me amei de verdade, deixei de temer meu tempo livre e desisti de fazer grandes planos, abandonei os projetos de futuro.

Hoje faço o que acho certo, o que gosto, quando quero e no meu próprio ritmo.

Hoje sei que isso é...

SIMPLICIDADE.

Quando me amei de verdade, desisti de querer sempre ter razão e com isso errei menos.

Hoje descobri a...

HUMILDADE.

Quando me amei de verdade, desisti de ficar revivendo o passado e de me preocupar com o futuro. Agora me mantenho no presente que é onde a vida acontece. Hoje vivo um dia de cada vez.

Isso é...

PLENITUDE.

Quando me amei de verdade, percebi que minha mente pode me atormentar e me decepcionar. Mas quando a coloco a serviço do meu coração, ela se torna uma grande e valiosa aliada.

Tudo isto é...

SABER VIVER!

CHARLES CHAPLIN

INFORMAÇÕES SOBRE NOSSAS PUBLICAÇÕES
E ÚLTIMOS LANÇAMENTOS

Cadastre-se no site:

www.novoseculo.com.br

e receba mensalmente nosso boletim eletrônico.

novo século®